やたらと察しのいい俺は、
毒舌クーデレ美少女の
小さなデレも見逃さずに
ぐいぐいいく
ふか田さめたろう
FUKADA SAMETARO
ILLUST. ふーみ
JN131123

あの程度で恩を売ったと思わないことね！

つまり、放課後
どこかに誘いたいんだな？
ち、違わなくも、
ないっていうかぁ……
ま、待ってるから！

笹原直哉

小雪は指をくわえたまま、
上目遣いで問いかけてくる。
「ふぁ、大丈夫《ふぁいほーふ》……？」
★白金小雪

「へ、きゃっ……!?」
小雪が驚いてバランスを崩す。

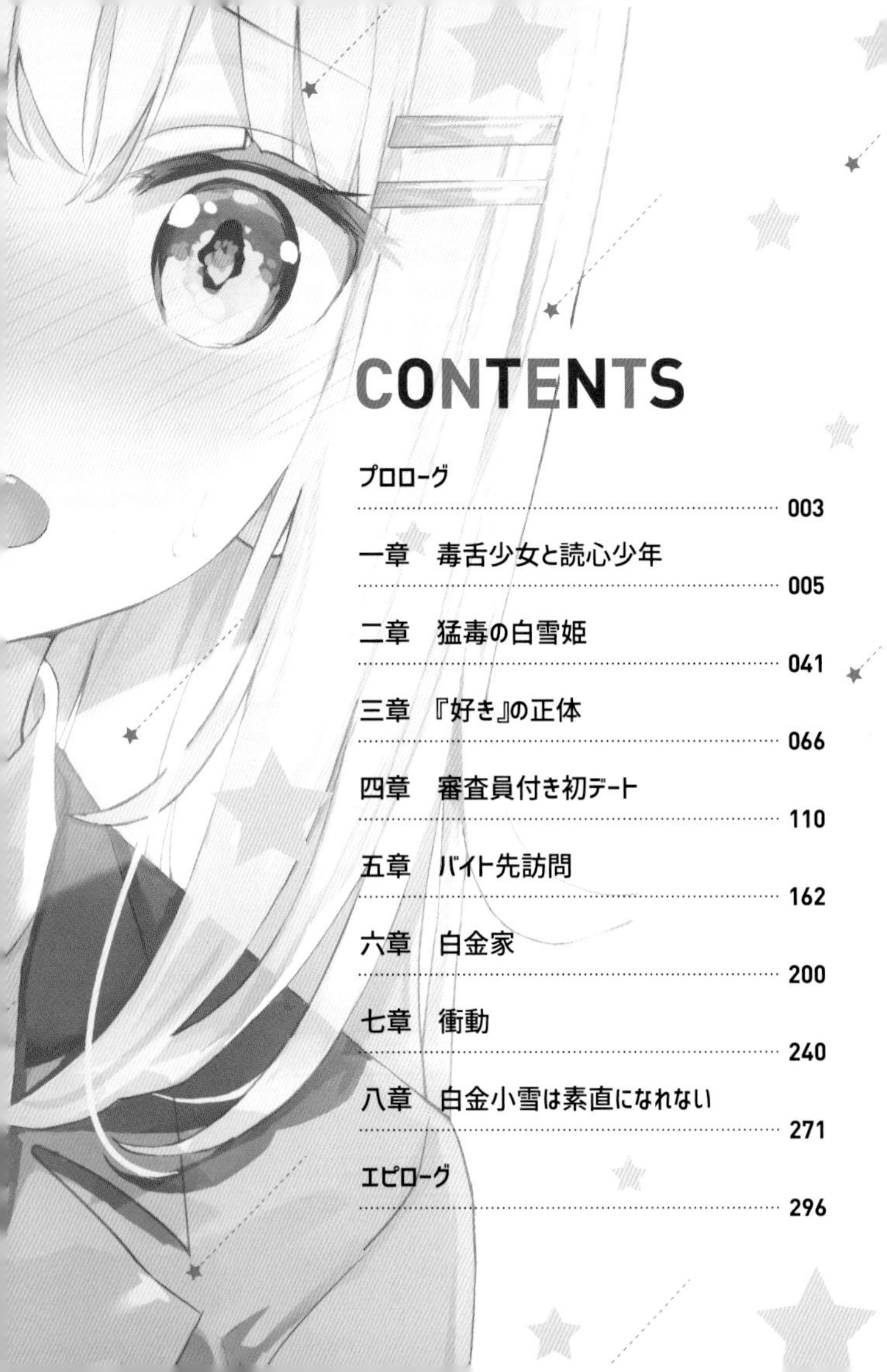

CONTENTS

やたらと察しのいい俺は、毒舌クーデレ美少女の小さなデレも見逃さずにぐいぐいいく

ふか田さめたろう

GA文庫

カバー・口絵　本文イラスト
ふーみ

PROLOGUE

プロローグ

下校のチャイムが鳴り響き、本日の戦いがまた幕を開けた。

わいわい騒ぐクラスメートたちを横目に、彼——笹原直哉《ささはらなおや》はまっすぐ靴箱へと向かった。

そうして自分の靴に手を伸ばしたところで、涼やかな声がかかる。

「あらあら、奇遇ね。笹原くん」

靴箱の陰から現れるのは、はっと目の覚めるような美少女だ。

日本人離れした美貌を有し、おまけにスタイル抜群。腰まで届く銀の髪は絹糸のようにきらめいている。名前は白金小雪《しろがねこゆき》。最近直哉と知り合った女の子である。

小雪は揶揄《やゆ》するように目を細め、直哉に嘲笑《ちょうしょう》を向けてみせる。

「今日もひとりで寂《さび》しく下校かしら。幼馴染《おさななじ》みのふたりは熱々ラブラブだっていうのに、あなただけずいぶん貧相な青春ねえ」

「はあ」

それを直哉は顎《あご》を撫《な》でながら、じーっと観察する。

なるほど、つまり彼女がなにを言いたいかというと——。

「ああうん。いいぞ、一緒に帰るか」

「なっ……!? なんで突然そういう話になるわけ!?」

小雪はぎょっとして、真《ま》っ赤《か》になって目をつり上げる。

「それじゃあまるで、私があなたと一緒に帰りたくて、ずっと待ってたみたいじゃない!」

「ええ……実際待ってただろ、教室の外でずーっとさあ」

帰り際、直哉のクラスをそーっと覗《のぞ》き込む小雪のことを、きちんと目撃していた。

おまけに直哉がほかの生徒と一緒にいるところを見て、寂しげに眉《まゆ》を寄せていたし……そんなことをする理由など『一緒に帰りたい』以外、思い浮かぶはずもない。

それを指摘すると、小雪は「ぐぬぬ……」と悔しそうにしていたが、気を取り直したように髪をかきあげてみせる。

「ふ、ふんだ! そんなのあなたの勘違いでしょ! でも、ほかに一緒に帰る相手がいないっていうのなら仕方ないわね。付き合ってあげてもいいわよ、私の趣味はボランティアなの」

「そっかー。それじゃ、ボランティアついでに買い食いに付き合ってくれない? ジュースくらいなら奢《おご》るからさ」

「まったく仕方ないわねえ!」

小雪は声を弾ませて、直哉の隣に並ぶのだった。

これはやたらと察しのいい少年と天邪鬼《あまのじゃく》な少女による、すれ違いゼロのラブコメディ。

一章
毒舌少女と読心少年

春。

出会いの代名詞でもあるこの季節に、ふたりは出会った。

「あのー。嫌がってるみたいだし、その辺でやめといた方がいいんじゃないすかね」

「なっ、なんだ、君は」

「っ……！」

場所は商店街の外れ。時刻は夕暮れどき。

茜色《あかねいろ》に染まる街並みで、直哉《なおや》は少女をかばって男に対峙《たいじ》する。

こうなった顚末《てんまつ》はひどくシンプルなものだった。

バイト先の玄関を掃除しようと箒《ほうき》片手に出てみれば、何やら揉《も》めているふたりがいた。

ひとりは女子だ。

直哉の通う高校の制服を着ており、日本人離れした銀色の髪を腰まで伸ばしている。後ろ姿で顔はよく見えなかったが、戸惑っている気配がありありと伝わった。

そして、そんな彼女に迫るのはスーツの男だった。

多少身なりを整えているものの、髪を派手な色に染めて、耳にはピアスがじゃらじゃらついている。

男は何やらしつこく声をかけており、少女の方は困り果てている様子だった。おまけに彼女の声からは、怯《おび》えの色も見えていて……。

（どう見てもタチの悪いナンパだな……ありゃ）

そう気付いたときには、迷いなくふたりの間に割って入っていた。

少女が息を呑む気配が背中に伝わるが、そちらはひとまず置いておく。

「うちの店の前でそういうことはやめてもらえますか。あんまりしつこいようなら、警察に通報してもいいんですよ」

「はは……何を勘違いしたのかは知らないけど、俺《おれ》は怪しいものじゃないよ」

真っ向から男を睨《にら》みつければ、相手はわざとらしい愛想笑いを作ってみせた。

そうして取り出すのは一枚の名刺だ。

なんたら芸能事務所プロデューサーというそれらしい肩書きが、格式ばった書体で書かれている。

「実は今、雑誌のモデルになってくれる子を探していてね。彼女ならきっとトップモデルも夢じゃ――――」

「嘘《うそ》ですね」

「……は？」

よどみなく続く男の台詞を、直哉はばっさりと切り捨てた。

そうして相手の目を、じっと臆《おく》することなく見据えてみせる。

「モデルのスカウトなんか真っ赤《まか》な嘘。本音はただのナンパだ」

「なっ、なにを根拠にそんな――」

「見りゃわかるんですよ、見りゃね。人間ってのはどんなに取り繕っても、生理的な反射は抑えられないもんですから」

男の反応は、直哉にとってはひどく読みやすいものだった。

かすかに開いた瞳孔。いくぶん速くなった呼吸のリズム。

上擦った声。唇の引きつり。じわっと滲《にじ》んだ額の汗。

ありとあらゆる情報が彼の嘘をつまびらかに暴《あば》き立て、その他の真実を浮き彫りにしていく。

「あんた、ほんとはただの大学生だろ。出身は関西方面。勉強も怠けて遊び歩いてばっかりいたから、つい最近親からの仕送りを止められたロクデナシだ」

「ど、どうしてそれを……！」

男の顔がさっと青ざめる。

出身地は言葉のアクセントから。ほかは、男の体から立ち上るかすかなアルコールの匂《にお》いと、スーツのくたびれ具合などから推察した。そして、その読みはどうやら正解だったらしい。

こちらを凝視する男の瞳《ひとみ》には動揺の色が見て取れる。

だから直哉は攻撃の手をゆるめない。薄い笑みを口の端に浮かべてみせる。

「普通のナンパじゃ女の子が引っかからないからって、ここまでするとか……名刺なんて小道具を作る前に、自分を磨いた方が手っ取り早いんじゃないですか？」

「なっ……んだと、ゴルァ！」

男は気色ばみ、直哉の胸《むな》ぐらを摑《つか》んで吠《ほ》える。

背後で小さな悲鳴が上がったが、男に凄《すご》まれてもなお、直哉は余裕の態度を崩さなかった。

「ガキが生意気言ってんじゃねえぞ、痛い目見てえのか」

「俺、そういう趣味はないんですけどねえ……ところで知ってます？」

「は……なんの話だ」

「そこの古本屋、俺のバイト先なんですけどね。最近どこも物騒でしょ？　こないだ軒先に監視カメラをつけたばっかりなんですよ」

直哉が顎で示すのは、バイト先——茜屋《あかねや》古書店の看板だ。そこには小さな監視カメラが備え付けられていて、レンズをしかとこちらに向けていた。

それを見た瞬間、男があからさまに顔色を変える。

そこに、直哉はニヤリと笑ってたたみかけた。

「ここで俺をぶん殴ったら、あのカメラの映像を持って交番に駆け込みます。それでもいいならご自由に」

「………ちっ！」

男は慌てたように直哉を突き飛ばし、そのまま足早に去っていった。

それを見送って、乱れた襟元《えりもと》をぱっぱと直す。

「ふう。フェイク品でもやっぱ効果あるんだなあ」

この前無理を言って、店長につけてもらってよかった。

ほっと胸を撫《な》で下ろしていると――。

「あ、あの……」

「ああ、もう大丈夫」

背後で息を呑《の》み、たじろぐ気配がした。

だから直哉はそちらを振り返ろうとするのだが……店の中から、ハスキーな声が響く。

「ちょっと笹原《ささはら》くーん。急なんだけど、配達頼まれてくれないかしらー！　あたしは今手が離せなくってー！」

「おっと……はーい、今行きます！　そんじゃ気をつけて帰れよな！」

「あっ……！」

結局そのまま相手の顔も確かめず、直哉は古書店の中に戻っていった。

なんとなく『いいことしたなあ』なんて軽い満足感を覚えながら。

「笹原、くん……か」

だから件《くだん》の少女が自分の名前を復唱し、胸の前でぎゅっと両手を握っていたなんて……このときはまったく思いもしなかった。


本格的に顔を合わせたのは、次の日の昼休みになってのことだ。

直哉が友人とともに学校の廊下を歩いていると、予期せぬ人物が目の前に立ちはだかったのだ。

「あなたが『笹原直哉くん』よね。昨日はどうも」

「はあ」

凛《りん》とした声で言い放つのは、きらめくような美少女だった。

腰まで届く髪は銀。宝石のようにきらめく瞳は海の色。

その面立ちは整いすぎていて、よくできたCGと言われても納得するほどだ。肌は透けるように白く、小さな唇からこぼれ落ちる声も鈴を転がすように澄んでいる。

ただし、そんな美少女が直哉に向ける視線はやけに鋭かった。

小柄な体からは殺気とも呼べる威圧感がほとばしっているし、腕を組んだその立ち姿は金剛力士像を彷彿《ほうふつ》とさせる。

無関係な周囲の生徒たちも、その尋常ならざる少女に気付いてざわざわする。

直哉と一緒にいたチャラめの男子生徒──河野巽《こうのたつみ》もまた目を丸くして、直哉にこそこそと耳打ちした。

「おいおい直哉……おまえ『猛毒の白雪姫』と何かあったのかよ？」

「ああ、うん。昨日ちょっとな」

直哉は鷹揚《おうよう》にうなずいてみせる。

あのときは顔を見なかったが……長い銀髪で、おそらく彼女だろうとは察しがついていた。

（ただ、こうやって再エンカウントするとは思わなかったよなあ）

彼女の名前は白金小雪《しろがねこゆき》。

直哉と同じく、ここ大月《おおつき》高等学園の二年生だ。

容姿端麗かつ頭脳明晰《めいせき》。おまけにスポーツ万能というその評判は、別のクラスである直哉の耳にも届いていた。

ただし、どちらかというと広まっているのは称賛ではなく悪名の方だ。

ぼんやりする直哉をよそに、小雪は目をつり上げたまま続ける。

「昨日はどうもありがとう。お礼を言いそびれちゃったからわざわざ探したのよ。あなたも制服姿だったから、同じ学校だってことは分かったし」

「そっか。でも、別にお礼なんてよかったのに」

「そういうわけにはいかないわ」

小雪は長い髪をかきあげて、ふんっと鼻を鳴らす。

「あの程度のことで恩を売ったなんて思われちゃ困るもの。そうでなきゃ、この私があなたみたいにパッとしない男子に声をかけるわけがないでしょ？」

「はあ」

完全無欠の美少女、白金小雪の唯一の欠点。

それがこの毒舌だ。

入学から一年あまりが経過して、その美貌にハートを射抜かれた男子生徒たちが何人もアタックし、その全員が彼女の苛烈極《かれつきわ》まりない口撃によってノックアウトさせられたという。

結果、ついたあだ名が『猛毒の白雪姫』。

おかげで周囲のギャラリーたちも眉《まゆ》をひそめ、ひそひそと言葉を交わす。

「今日もキッツイなあ、猛毒の白雪姫……」

「ねえ……何があったか知らないけど、言い方ってものがあるよね」

だが、小雪は周囲の様子など歯牙《しが》にも掛けない。

さらに目つきを尖《とが》らせて、チクチクと続けてみせる。

「昨日はたしかに少し怖かったけど……あなたが手を出さなくても、あれくらい私ひとりでどうにかなったんだから。くれぐれも白馬の王子さま気取りはやめてちょうだいね。私、借りを作るのは好きじゃないの」

「おお、わかったわかった」

直哉はあっさりとうなずく。

彼女の言いたいことは、よーーーく理解した。

つまり――。

「つまり白金さんは俺にお礼がしたいから、放課後どこかに誘いたいんだな？」

「…………は？」

『…………はあ？』

小雪だけでなく、見守っていた周囲の生徒たちも目を丸くした。

おおむね『何を言ってるんだこいつは』という反応だ。

だがしかし、すぐに小雪の様子がおかしくなる。一瞬で耳の先まで真っ赤に染まり、裏返った声を上げた。

「い……いったい何を言ってるのよ⁉　今の私の台詞を聞いて、どうしてそんな結論になるわけ⁉」

「いやだって、わかりやすいから」

直哉はあっさり告げるしかない。

「『怖かった』ってのは本当だろ。あとはほとんど強がりだ」

「っ……！」

「で、『借りを作りたくない』ってのも本当だけど、ちょっとニュアンスが違う。本音は『お礼がしたい』だ」

小雪の表情や声は正直だ。

それらの情報をじっくり読み解けば、彼女の本心を知ることも難しくはない。

ぽかんと言葉を失う小雪に、直哉はつらつらとたたみかける。

「今日はちょうどバイトがないんだ。部活もやってないし、放課後は空いてる。白金さん、どうする？」

「だ、だから、私は……うっ、ううう……！」

小雪はぷるぷると震え、俯《うつむ》いてしまう。

そのまましばらく待ってみれば……彼女はぼそぼそと小声でこぼす。

「あの、もしよかったら…………で、待ってるから……だから、その……」

「うん。わかった、放課後に正門前で待ち合わせだな。了解」

「っっ、なんでちゃんと聞こえるのよ⁉　そこは普通、聞こえなくて聞き返すってのがお約束じゃなくって⁉」

「いや俺、生まれてこのかた聴力検査で引っかかったことないからさ」

「ぐううっ……！　こ、この……！」

「この？」

「笹原くんの……健康優良児ぃぃぃぃ！」

褒めているとしか思えない捨て台詞《ぜりふ》を残し、小雪は真っ赤な顔のまま逃げ出してしまった。

「えっ、今のって本当に白金さん……？」

「なんか意外ー……」

「可愛《かわい》いところもあるんだねえ……」

彼女が消えた方へと、ギャラリーたちは生温かい目を向ける。

そんななか、隣で見ていた巽がぽんっと直哉の肩を叩《たた》いた。

「おまえのその読心スキル、今日も絶好調だな。でもよ……」

そこで巽は声をひそめる。

呆《あき》れたように続けることには――。

「やっぱりおまえ……白金さんに対しても、いつもみたいに忠告するつもりなのか？」

「ま、そうなるだろうなあ」

「かーっ、もったいねえ。なんでこんなやつがモテるんだか」

そう言って渋い顔をする巽に、直哉は肩をすくめるだけだった。

そうして放課後、正門前に行くと小雪がすでに待っていた。

帰路につく生徒たちでごった返す中、腕を組んで背筋をぴんと伸ばしたその姿は非常によく目立つ。直哉はまっすぐそちらに向かった。

「悪い。待たせたかな？」

「かまわないわ。言ったでしょ、借りを作るのは好きじゃないの」

小雪はつんと澄ました顔だ。

さすがに今は昼休みのときとは違い、頬《ほお》の赤みも引いていた。

そのまま彼女はびしっと直哉に人差し指を突きつける。

ついでに向けるのは、まるで獲物を狩るライオンの目だ。仕留めんばかりの殺気が直哉を射抜く。

「お昼休みにあなたが言ったように、お礼がしたいのは本当。でも、それ以上の意図はないわ。けっして思い上がらないことね」

「えー。それは無理な話だろ」

その威圧をさらりと受け流し、直哉は苦笑を浮かべてみせる。

「こんな可愛い子と放課後デートするんだから。男なら誰《だれ》でも勘違いするんじゃないかな？」

「かわっ……でーと⁉」

小雪の顔が、また茹《ゆ》でダコのような真っ赤に染まる。

しかし今回は黙り込むことはなかった。ぷるぷる震えながらも、ふんっとそっぽを向いてみせる。

「ふ、ふん……おだてたって無駄なんだから。よくそんな歯の浮きそうなことが言えたものね」

「いやあ、俺って腹芸は苦手な性分でさ。思ったことはすぐ口にしちゃうんだよな」

「いけしゃあしゃあと……でもおあいにくさまね。それくらいのお世辞は私くらいの完璧《かんぺき》美少女になると言われ慣れてるの。だからどうってことないわ」

「そっかー」

とは言うものの、その横顔はめちゃくちゃ嬉《うれ》しそうだった。

口元はニヤニヤしているし、体も不自然に揺れている。浮かれているのが丸わかりだ。

だがしかしそれを指摘する前に、小雪はさっさと歩き出してしまう。

「ほら、さっさと行くわよ！　それでもうお店に着くまで会話禁止！　わかった⁉」

「難易度の高いデートだなあ」

「デートじゃないから！　黙ってついてきなさい！」

ぷりぷり怒りながら歩き出す小雪のあとを、直哉は大人しく追いかけた。

周囲の生徒たちは、やはり好奇の目でそれを見送った。『猛毒の白雪姫』が冴《さ》えない男子生徒Aをデートに誘ったというのは、すでに学校中の噂《うわさ》になっていたからだ。

そうしてふたりは駅前の商店街へと向かった。

大月学園は市街地のただ中に存在する。

おかげで周辺には学生が立ち寄れるような格安のチェーン店が無数にあり、そのうちのひとつのドーナツ店に小雪はまっすぐ入っていった。

直哉も異論がなかったので彼女に続き、ドーナツとコーヒーのセットを注文。

ふたり掛けのテーブルについて、小雪と正面から向き合った。

「……」

しかし小雪はドーナツをじっと睨んだまま、口を開こうとはしなかった。緊張していることが手に取るようにわかったので、直哉は軽く笑って手をあげる。

「あ、先に食べていいかな？」

「……」

小雪は黙ってうなずいた。

お許しが出たので、遠慮なくドーナツに手を伸ばす。育ち盛りの身に、間食の旨味がしみた。じっくりその味を堪能していると――。

「あの……」

「うん？」

「あなた、やけに察しがいいみたいだけど……」

小雪はこちらの様子をうかがうように、ちらりと上目遣《うわめづか》いをしてみせる。

「私がなにを言いたいか……もう、わかってるんじゃないの？」

「うん。もちろんわかるぞ」

直哉はドーナツを平らげて、指についた砂糖をペーパーナプキンでぬぐう。

「でも、白金さんは自分の口から言いたいんだろ。だから待ってる」

「そこまでわかるって……あなた読心術の心得でもあるわけ?」

「そんな大それたもんじゃない。ちょっと察しがいいだけだ」

「『だけ』ねえ……まあいいわ」

小雪は釈然としないようで眉を寄せていたが……しばらくしてから、小さくため息をこぼしてみせた。

そうしてぺこりと頭を下げる。

「昨日は本当に……どうもありがとう。助かったわ」

「うん。どういたしまして」

その素直なお礼の言葉を、直哉はあっさりと受け止めた。

大事なことを言い終えたからか、小雪はようやくほっとしたようだった。ようやくドーナツに手を伸ばし、ちまちまとかじり始める。

「なんだか調子が狂っちゃうわ……あなたって変な人よね」

「ああうん、よく言われる」

「ふっ、そうでしょうね」

小雪は形のいい唇をつり上げて、小馬鹿《こばか》にするような笑みを浮かべてみせた。

「あなたみたいな変人が私とお茶できるなんて、本当ならありえないことなんだから。光栄に思いなさいよね」

「いやあ、ほんと光栄だよ。『笹原くんとお茶できて嬉しい』なんて言ってもらえて」

「言ってない！　断じてそんなことは言ってないわよ⁉」

必死になって否定するも、耳まで真っ赤な反応でバレバレである。

小雪はひとしきり叫んでから、ほかの客の注目を集めてしまったことに気付いたのだろう。

途端にしゅんっと小さくなって、コーヒーをすする直哉に恨みがましい目を向ける。

「ほんっと、どんな耳してるのよ……そんなこと私、一言も言ってないのに……」

「いやだって、白金さんの考えてることくらい簡単にわかるしな」

直哉は平然と答えてみせる。

実際、小雪の真意を測るのはそう難しいことではない。

単語のアクセントや目線の動き、髪をかきあげる身振りなど。そうしたものをしっかり観察していれば、隠された真意は自《おの》ずと明らかになってくる。

「本当に……？　胡散臭《うさんくさ》いわね」

小雪はじとーっとした目で直哉を見つめてから、ふといたずらっぽい笑みを浮かべてみせる。

財布から百円玉を取り出して、両手をグーにして直哉に突きつけた。

「それじゃあ問題よ。コインはどっちの手の中にある？」

「膝《ひざ》の上だろ」

「……………正解」

小雪はげんなりした顔で両手を開いてみせる。

果たしてそこには何もなかった。膝の上からコインを摘《つ》まみ上げて、小雪は信じられないものを見るような目で直哉を見つめる。

「ほんとに勘がいいのね……そういえば、昨日もモデルのスカウトっていうのが嘘だって見抜いていたけど。あなた、探偵かなにか？」

「高校生探偵なんてアニメやゲームだけの存在だろ。俺は普通の高校生だって」

「普通の高校生はこんな芸当できないわよ」

小雪はなおも疑わしげな目を向けてくる。

恩人に対する態度ではないが、直哉は気にせず肩をすくめるだけだ。

「ま、よく聞かれるよ。おまえのその特殊なスキルはなんだ、ってな」

「そりゃ誰でも気になるわよ。いったいどんな特訓を積んだわけ？」

「そんな大袈裟《おおげさ》なもんじゃないさ」

直哉は軽く苦笑する。

特に隠すほどのことではない。ただ少し、そういうスキルを会得する必要に迫られただけだ。

「実は……俺が小さいころ、母親が大病を患ってさ。一時期ほとんど寝たきりだったんだ」

「……えっ」

その切り出しが予想外だったのか、小雪は小さく息を呑んだ。

おかまいなしで直哉は続ける。

あれは直哉が六つのころだ。

母親がある日突然病に倒れ、緊急入院した。

そのまま寝たきりとなり、人工呼吸器や幾多の管でつながれ、意思の疎通ができない状態が続いた。

それでも直哉は毎日病室に通い、母親の看病に勤《いそ》しんだ。必死になって母親の表情に注目し、なにを求めているのか読み解こうとした。

目線だけで欲しいものを読み取ったり。

みじろぐ頻度で苦痛を察したり。

「まあ、子供にできることなんて限られてたけどさ。そんなのを繰り返すうちに、自然と人の言いたいことがわかるようになったんだよな」

「そう……お母様のために……」

小雪は口元を押さえて目を丸くする。

そうしておそるおそると問いかけることには――。

「その……お母様は、今どうしてるの……？」

「…………遠いところにいるよ」

「っ……！」

小雪の顔がさっと青ざめる。

一方、直哉は平然と続けた。

「たぶん今はカリブ海あたりじゃないかな」

「……は？」

「いや、あれから親父《おやじ》の海外出張について行ってさ」

一時は余命宣告を受けた母親だが、奇跡の回復を遂げ、病に倒れる前以上に元気になった。

おかげで今は夫婦水入らずの海外生活を満喫している。直哉も高校生になったため、置いていっても問題ないと判断したらしい。

毎月メールで元気な知らせが届くのだが、そこに添付されている写真がどれも夫婦ラブラブで、息子としては安心するべきなのか複雑に思うべきなのか困ってしまうのが常だった。

そう告げると、小雪は悔しそうにドーナツを噛みしめる。

「ただただ紛《まぎ》らわしい……！」

「あはは、それもよく言われる」

いわゆる鉄板ネタというやつだった。

からから笑う直哉に、小雪は白い目を向ける。

「ふんだ。でもこれで謎《なぞ》が解けたわ。どうしてあなたがそんな変人なのか」

「孝行息子だって言ってくれよ」

「変人なのには違いないでしょ」

小雪は呆れたようにコーヒーをすする。

そうして不敵な笑みを浮かべてみせた。

「でも残念だったわね。あなたのそのスキル、私には通用しないんだから」

「え、マジで?」

「そうよ。なんで私があなたとお茶して、喜んだりしなきゃいけないんだか。家で水道水でも飲みながらラジオの渋滞情報でも聞いていた方がはるかに有意義よ」

やれやれと肩をすくめてみせてから……小雪はそっと声をひそめて、うかがうような目を直哉に向ける。

「でも、とりあえず参考までに聞いておきたいんだけど……私の考えていること、ほかにもいろいろわかったりするの?」

「うーん、まあそれなりに?」

直哉は鷹揚《おうよう》にうなずいてみせる。

性格からして長子。利《き》き手《て》は右だが、頑張れば左手でも文字が書けること。

陰でひたすら努力するタイプで、弱みを見せるのがすこぶる苦手。

今もブラックコーヒーを無理して飲んでいるものの、本当はクリームがたっぷりのったココアの方が好きな筋金入りの甘党。

それらの情報をつらつら並べ立てていくうちに、どんどん小雪の顔が引きつっていく。

(おっ、そろそろ頃合《ころあ》いかな?)

だから直哉はトドメを刺すことに決めた。

彼女から読み取れる事実。その中で、もっとも特筆すべきことといえば――。

「俺に惚《ほ》れた、ってこととか?」

「ぶふーーーーーーっ!!」

その瞬間、小雪が勢いよく噴き出した。

背中を丸めてしばし苦しそうに咳《せ》き込《こ》むものの、直哉はそれを見守るしかない。へたに手を出したが最後、烈火のごとく怒るのは火を見るよりも明らかだったからだ。

「げほっ、がはっ、うっ、ぐ……う、お、面白《おもしろ》い冗談じゃない……私が誰を好きだって……?」

「え、違うのか?」

「あっ、当たり前でしょ!」

小雪は震えた声で絶叫する。

顔どころか指の先まで真っ赤で、日本人離れした青い瞳も、羞恥《しゅうち》の涙で潤んでしまっていた。

それでも彼女は気丈なまでに抵抗を続けるのだ。

「いくら危ないところを助けてもらったからって……私ほどの完璧美少女が、あなたみたいな変人を好きになるわけないでしょ！　自惚《うぬぼ》れないでちょうだい！」

「ああうん、それならそっちの方が全然いいんだけど……」

「……へ？」

ぽかんと目を丸くする彼女に、直哉は頭をかいてため息をこぼすのだ。

「実はさ、こうして白金さんについて来たのには理由があるんだよ」

「理由……って？」

「うん。簡単な話だ」

直哉は改めて小雪にまっすぐ向き直る。

小さく息を吐いてから——なるたけ平板な声でこう告げた。

「率直《そっちょく》に言わせてもらうよ、白金さん。悪いけど……俺は君とは付き合えない」

「…………」

その瞬間、小雪の綺麗《きれい》な顔がくしゃっと歪《ゆが》んだ。

彼女は途端に勢いをなくしてうつむいてしまい、消え入りそうな声で問う。

「それって……ほかに好きな子がいるってこと？」

「いや、彼女いない歴イコール年齢だし、特に好きな子もいない」

「……じゃあ、私みたいな気の強い女、お断りって？」

「それも違う」

直哉はゆっくりとかぶりを振る。

今現在彼女もいなければ、小雪のことが嫌いなわけでもない。

むしろ見ていて面白いし、律儀ないい子だなあと好感を抱いてもいる。

だがしかし――直哉には譲れない事情があった。

「白金さんだからダメってわけじゃないんだ。単に、今は誰とも付き合う気がないってだけ」

「……どういうこと？」

「ほら、俺ってこんな性分だろ。人の考えてることが手に取るように読めちゃうっていうか……だから、あんまり特定の相手と一緒にいると気疲れしちゃうんだよ」

直哉はこれまでにもその察しのよさを生かして、困っている女の子にそっと手を貸し、好意を寄せられることが度々あった。そして、その度に……疲弊してしまうのが常だった。

相手が今何を思い、何を望んでいるのか。

そのすべてが直哉にはわかってしまう。もちろん嘘も筒抜けだ。

強い感情を四六時中向けられるというのは、それが憎悪であれ愛情であれ、かなり体力を消耗する。酷《ひど》いときなど心労で倒れてしまったこともあるくらいだ。

だから中学くらいのころからは、いい感じになった女の子を呼び出して釘《くぎ》を刺すのが習慣になっていた。『悪いけど君とは付き合えない』と。

そのときの彼女らの反応は毎回様々だった。怒髪天《どはつてん》を突く勢いで怒るか、静かにキレるか、オロオロするか……だが、みな最終的には確実に直哉と距離を置くようになる。

それが不誠実な態度だと、直哉自身でもわかっているものの——。

(早めに幻滅してもらった方が、傷は浅いもんなあ……)

女の子を悲しませるのは本意ではない。

だが、長い時間をかけて失恋するより、早々と見限って新しい出会いを求めてもらった方が、ずっと彼女らのためになる。

直哉はそんな枯れた悟りを、高校二年の時点で開いてしまっていた。

コーヒーの表面に映り込むのは、ひどくしょぼくれた苦笑いを浮かべる自分の顔だ。

そのまま、直哉は用意しておいた台詞を並べ立てる。

「だから、白金さんが俺のことを好きだったとしても、その気持ちに応《こた》えることはできないんだ。できたら早めに愛想を尽かしてほしい。好きじゃないなら、そのままの白金さんでいてくれ」

「…………」

それに、小雪は沈黙で応えてみせた。

言葉を失ったと言った方が正しいかもしれない。

沈黙の隙間《すきま》にコーヒーをすすれば、先ほどよりずっと苦く感じた。砂糖を足そうとテーブルに手を伸ばそうとした、そのときだ。

「……なによ、それ」

「へ」

怒気を孕《はら》んだ声に、ハッと顔を上げる。

見れば小雪はムッとしたように、直哉のことを睨んでいた。

おかげで直哉は目を瞬かせるしかない。

彼女が怒るのは想定内。だがしかし、その目線からは……あってしかるべきはずの嫌悪のような感情が、一切《いっさい》読み取れなかったのだ。

（えっ、なんで？　普通あんなこと言われたら嫌いになるだろ？　なんで俺のこと、嫌いになってないんだ？）

固まる直哉にもおかまいなしで、小雪は不機嫌を隠そうともせず口を開く。

「ふんだ。私はあなたのことなんか、別に全然好きじゃないけど？　なんとも思っていないけど？　私の気持ちをどうするかは私の勝手じゃなくって？」

「い、いやまあ、それはそうかもしれないけど……白金さんも嫌だろ？　こんな風にぽんぽん心の中を言い当てる男なんかさ」

直哉はおどけたように言ってのける。

そうして、わざとからかうように続けるのだが――。

「ちなみに考えてることだけじゃないからな。白金さんのスリーサイズとか体重なんかも、見ただけで一発でわかるから」

「はあ？　それがどうしたっていうのよ。そんなのメジャーや体重計にだってできるじゃない。測量器具と張り合ってなにがしたいわけ？」

「えっ……い、いやまあたしかにそうだけど……？」

思っていたのと違う冷たい目に、直哉はもごもごと口ごもるしかない。

小雪が好きになったのは、直哉の表の面だ。

本当の直哉を知った今、さぞかしガッカリする……はずだったのに。

（なんでこの子から、俺への好意がずっと消えないんだ……？）

こんなことは初めてだ。

相手の考えていることがわかるからこそ、直哉の戸惑いは強まるばかりだ。

そんななか、小雪は鋭い目をしたまま鼻を鳴らす。

「ふん。意地でも私を諦《あきら》めさせたいわけね。そっちがその気なら……わかったわ。笹原くん」

「な、なんだよ、改まって」

「いいこと、よーく心して聞きなさい」

すーっと大きく深呼吸。

それから小雪は、びしっと人差し指を突きつけて、こんな宣言をぶちかました。

「私はあなたを……落としてみせる！」

「は……？」

直哉は目を白黒させるしかない。

そんな彼に、小雪は不敵な笑みを向けてみせるのだ。

「あなたのスタンスは理解したわ。でも、だからって『はいそうですか』なんて納得できるものですか」

小雪は一歩も引かなかった。

むしろギラつく殺気を迸《ほとばし》らせて、矢継ぎ早にまくし立てる。

「あなたにどれだけ心を読まれたって、全然怖くないいんだから。意地でも傷ついてなんかやらないわ。それでべったりくっついて、私のことを好きになるように全力で仕向けてやるんだから！　まあ別に、私はあなたのことなんかこれっぽっちも好きじゃないですけどね⁉」

「嘘つけ！　白金さん、俺のことかなり好きだろ⁉」

わざわざ本心を読む必要もなく、いろいろなものがダダ漏《も》れな宣言だった。

つまり彼女、本気で直哉を諦めるつもりがないらしい。

伝わる熱意は本物で、おもわず直哉もたじろいでしまう。

「ええ……どれだけ物好きなんだよ……こんなイロモノじゃなくて、白金さんならもっといい男捕まえられるだろ」

「自分を落とそうとしてる女の子に、他の男を勧めるのはマナー違反だと思うわよ」

直哉をじろりと睨め付けて、小雪は小さくため息をこぼす。

「それに……変人って言ったら私だってそうよ」

「白金さんが？　なんで？」

「あなたも知ってるはずでしょ。『猛毒の白雪姫』っていう……私のあだ名」

小雪は肩をすくめてみせる。

どうやらあの悪名は本人の耳にも届いていたらしい。

「私はこの通りの性格だから。友達も全然いないし、近付いてくる人も稀《まれ》。あなたに負けず劣らずの変人よ」

「まあ、噂はかねがね聞いてたけど……」

「そうでしょ。まあ、あまりにも完璧すぎて近寄りがたいっていう理由もあるんでしょうけどね。下等市民のやっかみにも困ったものよ」

「はあ……」

六割くらいは本気だが、三割ほどは強がりだ。

そのうえあとの残りは『私ってばなにを言ってるのかしら……』という羞恥心《しゅうちしん》だった。恥ずかしいなら言わなきゃいいのに。

直哉はそれを適当に聞き流すばかりだったが、小雪はごほんと咳払《せきばら》いをして胸を張る。

「ともあれ、そういうわけよ。私に釣り合うのは、同じくらい変人の男じゃないとダメなの。

笹原くんはギリギリお眼鏡《めがね》に適《かな》いそうだから、試しに遊んであげるってわけ。光栄に思いなさいよね」

そうして目を細め、ぺろりと舌なめずりをする。

小さな舌は鮮やかな赤色で、男を食らう毒蜘蛛《どくぐも》を思わせた。

「絶対にあなたを落としてみせるわ。それで、そっちから告白したくなるように仕向けてやるのよ。ふふ……あなたみたいな澄ました男が私の元に跪《ひざまず》く様《さま》、さぞかし滑稽《こっけい》で無様《ぶざま》でしょうねえ」

「えっ……えーっと、そのー……うん」

直哉はさっと目を逸《そ》らしてしまう。

悪女めいた台詞の数々にドギマギした……わけではない。

その言葉の裏に隠された小雪の真意が、手に取るように読み取れたからだ。

直哉と一緒にいたい。

好きなものが知りたい。嫌いなものも知りたい。

登下校を並んで歩いたり、休みの日にはどこかに出かけたりしてみたい。

それでゆくゆくは遊園地デートなんかもしちゃったりして……エトセトラ、エトセトラ。

そんな純情百パーセントな思いがビンビン伝わって、直哉はごくりと喉《のど》を鳴らしてしまう。

（本気だ、この子……！　本気で俺のことが好きなんだ⁉）

しかもその思いはかなり強固だ。

ちょっと揺さぶったくらいのことでは、とうてい折れそうもないことがわかってしまった。

強い覚悟に気圧《けお》されるようにして直哉はおもわず黙り込んでしまう。それに何を思ったのか、
小雪は勝ち誇ったように続けてみせた。

「ふふん、明日からせいぜい覚悟するといいわ。全力で弄《もてあそ》んであげちゃうんだから」

「弄ぶ、か……」

直哉はその言葉を噛《か》みしめる。

しばらく考え込んでから、ぽつりとこぼすことには――。

「そうなってくると……ちょっと困ったことになるかもなあ」

「ふふん、そうでしょ。こんな可愛い私に迫られたら誰だって――」

「うん。たぶん本気で好きになると思う」

「そうでしょそうで……はい⁉」

直哉の真っ向からの告白に、小雪が裏返った声で叫ぶ。

そろそろ周囲の客たちも彼女の反応に慣れたのか、ちらっと視線を投げるだけである。むしろどこかそっと動向を見守っているような気配すら、店内に満ちていた。

そんなことにはこれっぽっちも気付くことなく、小雪はぷるぷる震えながら直哉に人差し指を向ける。

「い、いきなり何を言い出すのよ！　さっきは誰とも付き合う気はないとか言ってたくせに……つまらない冗談はやめなさいよね！」

「いや、悪いけど本気だよ」

直哉は肩をすくめるだけだ。

たしかに先ほどまでは、女の子と交際するなんて考えたこともなかった。

理由は単純明快だ。直哉は相手の考えが読めるため、誰かと一緒にいると疲れてしまう。

だが、しかし――。

「俺、白金さんの心の中なら……四六時中読んでみたいって思うんだよな……見てて面白いって言うか、なんていうか。こんな風に思ったのは、白金さんが初めてなんだ」

これまで女の子に好意を寄せられても、胸焼けしてばかりだった。

それなのに小雪に対しては一切そんなことを思わない。

むしろずっと一緒にいて、いろいろな表情を見てみたい……そんなことを望んでしまう。

まるで世界がぐるっと一変したような心地だった。

「それに白金さんは、俺のことをこんな変人だって認めたうえで、それでもまだ好きでいてくれるんだろ。おまけに可愛いし、一緒にいて楽しいし。そんな相手に対して、好意を抱かない方がおかしくないかな？」

「ひっ……急になんかグイグイくるし⁉　いったいなんなの……⁉」

「いや、さっき言ったじゃん。俺って思ったことは口にしちゃうタイプだから」

「それにしたって限度があるからね⁉」

小雪がまっとうなツッコミを叫ぶ。

だがしかし、直哉はおかまいなしだった。

彼女の目をまっすぐに見据えたまま、正直な胸のうちを打ち明ける。

「そういうわけだから、白金さん。きみに迫られたら、俺は本気で好きになるかもしれない。参考までに聞かせてほしいんだけど、どんなふうに迫るつもりだった？」

「えっ、ええ⁉　そ、それは、その……」

小雪はさっと目を逸らし、ごにょごにょと口籠《ご》もる。

やがて観念したように小声でぽつぽつ言うことには。

「朝とか待ち合わせして、一緒に登校したり……一緒に帰って、こんなふうにお茶したり……とか？」

「あー、それは絶対好きになる」

「ほ、ほんと⁉」

「うん。白金さんが俺のこと好きなのと同じくらいか、それ以上には」

「だーかーら……私は好きじゃありません！　何度言わせればわかるのよ！」

一瞬、小雪はふわっと嬉しそうに顔を輝かせたが、すぐに形のいい眉をつり上げて怒りのツッコミを叫んだ。

そのまま不貞腐《ふてくさ》れてしまったように、ぷいっとそっぽを向いてしまう。

「ふんだ、私をからかおうったってそうはいかないんだから。それ以上言ったら怒るわよ」

「いやだから俺は本気で……ああいや、なるほど」

直哉はぽんっと手を打つ。

小雪は直哉のことが好きだし、これで直哉も小雪のことが好きになれば晴れて両思いだ。それなのにどうして機嫌を損ねるのか。すぐにはわからなかったが、少し考えればあっさりと答えが出た。

「俺がやけにあっさり言うから不安なんだな。ちゃんと本気かどうか」

「ぐっ……ちが……わなくもない、こともない、けどぉっ！」

「よし、それなら話は簡単だ」

直哉は身を乗り出して、テーブル越しに小雪の手を握る。

おかげで小雪は「ぴゃっ」と小さな悲鳴を上げた。みるみるうちに熱くなっていく小さな手を両手で包み込み、直哉はにこやかに告げる。

「これからよろしく、白金さん。白金さんが俺を好きなのと同じくらい、俺も白金さんのことを好きになってみせるから」

「だーかーらー…………！」

小雪はぷるぷる震えてから、ありったけの声を上げる。

「私はあなたのことなんて、なんとも思ってないんみゃかりゃ！」

「大事なところで噛む、ちょっと抜けたところも可愛いなあ」

「もうやだこの人ぉ……！」

直哉の惚気《のろけ》に小雪は半泣きになって、こうしてふたりの戦いが幕を開けた。

二章　猛毒の白雪姫

次の日の朝。

直哉《なおや》が駅の改札を出てすぐに、小柄な人影が立ちはだかった。

「おはよう、笹原《ささはら》くん」

「おっ」

もちろん相手は小雪《こゆき》だ。

おもわずぽかんとしてしまう直哉に、勝ち誇ったような笑顔を向けてみせる。

「今日も朝からパッとしない顔ね。そのあたりを散歩してるご老人の方が壮健よ。この私の隣を歩くには、あまりにお粗末すぎるわねえ」

飛び出すのはいつもの毒舌。

それに、直哉は口元を押さえて……呻《うめ》くのだ。

「え、可愛いすぎる」

「はあ⁉」

それに小雪がぎょっとして悲鳴を上げた。

「急に何を言い出すわけ⁉　か、可愛いって……いったいなにが⁉」

「いや、もちろん白金《しろがね》さんが」

「私今、けっこうな毒を吐いたと思うんだけど⁉」

「それは無関係。だって白金さん、俺《おれ》と一緒に登校するために早起きして準備してくれたんだろ？」

「っ……⁉」

真《ま》っ赤《か》になって言葉を失う小雪だった。

昨日と比べても髪の手入れは念入りだし、唇には薄い色付きリップをひいている。ちょっぴり涙で潤んだ目元は、いつもより寝不足な証拠だろう。

それもこれも全部、直哉と一緒に登校するため。

ひと目見ただけでそれがわかるので、もうどうしようもなかった。

「あーダメだ……そんなの絶対好きになるに決まってるじゃんか……くそー……まいったなあ」

「違います！　たまたま朝早く起きちゃったから支度《したく》に時間をかけただけ！　あなたのためなんかじゃないわよ！」

小雪は頬《ほお》を赤く染め、ぷいっとそっぽを向いてみせた。

あからさまな照れ隠しである。

そんな彼女の横顔に見とれつつ、直哉は昨日のことをぼんやりと思い出すのだった。

昨日、小雪が直哉のことを『落とす』と宣言したあと。

時間がけっこう過ぎていたので、ドーナツ屋をふたり揃って後にした。

街並みは買い物帰りの主婦や学生たちで賑わいをみせており、すっかり空も夕暮れ色に染まっている。

『うう……まぶしい』

小雪は目をきゅっとつむる。

夕暮れの光がそんな彼女の銀髪を照らし、燃えるような紅蓮《ぐれん》に染め上げた。

(綺麗《きれい》だなあ……)

その姿に、おもわず直哉はぼんやりと見惚《みほ》れてしまうのだが……そのまま小雪は『それじゃ、またね』と立ち去りかけたので、慌ててそれを呼び止めた。

『ちょっと待って。そういや白金さん、家はどの辺？』

『四ツ森の方だけど……それがなにか？』

『あー、俺とは逆方向か。いや、遅くなったし送っていこうかと』

『けっこうよ。ただの同級生にそこまでしてもらう義理はないわ』

『いやでも、そろそろ暗くなるしさ。女の子の心配をするのは男として当然じゃないかな？』

『うっ……ま、またそういうことをさらっと言うんだからぁ……』

小雪は真っ赤になってうつむいて、ごにょごにょと口籠《くちご》もる。

そのまま何度も深呼吸してみせてから、キッと直哉を睨みつけた。

『でもそんな浮ついたことが言えるのは今日までよ。見てなさい……明日から私の逆襲が始まるの。グイグイとアタックして、私なしでは生きていけないくらいに骨抜きにしてやるんだから！』

『うん、楽しみにしてるよ。俺も女の子を好きになるなんて初めてだからさ。どんな感じになるのかドキドキするなあ』

『ふんだ、口では何とでも……えっ、初めて？』

そこで小雪はきょとんと目を丸くした。

『ひょっとして……笹原くん、初恋ってまだなの？』

『お恥ずかしいことに……思春期前にこんな厄介なスキルを得ちゃったもんだから、浮ついた話とはとんと無縁でさ』

女の子とフラグが立っても自ら折ってきたし、自分からわざわざ近付こうとしたこともなかった。

そういうわけで、恋愛経験はゼロである。

高校生にもなって侘《わび》しいものだと自分でも思うし、友人にはよくからかわれてしまう。

それを聞いて、小雪はにまにまと笑みを深めてみせた。

『ふ、ふーん、そうなのね。ずいぶん寂《さび》しい青春を送っているのね。ふーん、そうなんだ』

『うん。そういうわけだから、俺たちお互いが初恋ってことになりそうだな』

『なんで私が初恋だってわかっ……違います！　好きでもなんでもないって言ってるでしょ！』

小雪はぷりぷりと湯気を立てて怒る始末だ。

しかし、そこで着信音がぴろんと鳴った。

小雪は鞄から携帯を取り出してみせる。

『むう……いろいろ言いたいことはあるけど……妹が待ってるみたいだから、もう行くわね』

『へえ、妹さんがいるんだ。一緒に帰るなら安心かな』

『そうよ、よくできたいい子なんだから。この前も家で……あっ』

そこで、小雪がスマホを操作する手をぴたりと止める。

画面と直哉を交互にゆっくりと見比べて――にんまりと笑顔を浮かべてみせた。

まるでいたずらを思いついた子供の顔だ。首をひねる直哉に、小雪はずいっとスマホを突きつける。

『光栄に思いなさい、笹原くん。連絡先を交換してあげるわ』

『えっ、俺と？　ほんとに？』

『こんなくだらない嘘《うそ》つくわけないでしょ。ほら、早く出して。早く！』

『わ、わかったわかった』

小雪に急《せ》かされるまま、直哉はスマホを操作する。

ほどなくして連絡先一覧に白金小雪という文字が現れた。アイコンは猫の写真だ。真っ白な猫で目つきがやけに鋭く、小雪に少しだけ似ていた。

『えーっと、俺は嬉《うれ》しいんだけど……急にまたなんで？』

『ふふん。簡単な話よ。メッセージアプリなら、四六時中あなたにアタックできるでしょ』

小雪はニヤリと笑ってスマホをかざす。

『文字だけのやり取りなら、あなたのその変なスキルも通じないし。つまり、照れちゃっても全然バレなくて……あなたのペースにはハマらないってわけ！』

『おおー、なるほど。それは考えたな』

『当然でしょ。やられっぱなしの私じゃないんだから』

小雪は得意げに笑ってみせる。

たしかに直哉は人の嘘などを見抜くとき、視線や身振りなどの視覚情報や、呼吸のリズムやアクセントなどの聴覚情報を参考にする。スマホ越しのやり取りでは情報が限られるため、相手の真意を測るのは難しい。

ただ……。

（『照れちゃう』っていうのは認めちゃったなあ……白金さん）

油断して、ついついぽろっと口から出たのだろう。

学校の成績はいつもトップクラスらしいが……なかなかどうしてポンコツである。

『それじゃあまたね、笹原くん。明日からたっぷり弄《もてあそ》んであげるわ！』

『ああうん。よろしく。気をつけてな』

直哉がなまあたたかい目をしているのにも気付くことなく。

小雪はそのまま颯爽《さっそう》と肩で風を切り、駅へと向かったのだった。

その後、夜に少しだけメッセージのやり取りを重ね、登校時間を合わせることを約束した。

回想終了。


駅の改札口から移動して、ふたりは学校へと向けて歩き出す。

まだ朝早くの時間帯のせいか、道を歩く人の数は少ない。

春先ののんびりした日差《ひざ》しが降《ふ》り注《そそ》ぐなか、小雪はごほんと咳払《せきばら》いしてみせる。

「ふんだ、さっきはいいようにやられちゃったけど……反撃はここからなんだから」

そのまま直哉の顔をのぞきこみ、小悪魔っぽく笑う。

かざしてみせるのは自分のスマホだ。

「手始めに……どうだったかしら、笹原くん。昨夜の私からの特別なメッセージ、ドキドキした？」

「……は？」

それに、直哉はきょとんとするしかない。

小雪は当然ムッと顔をしかめてみせた。

「何よ、その反応。昨日の夜、いろいろ送ってあげたでしょ」

「あ、ああ、うん。たしかに何回か来たけど」

立ち止まって、直哉もスマホを操作した。

すぐに小雪からのメッセージが画面いっぱいに表示される。それをもう一度まじまじと目を通して……やっぱり首をひねるしかない。

彼女の言う通り、昨夜はいくつかのメッセージが送信されていた。『明日は朝一緒に登校しましょ』という簡潔なお誘いと……。

「猫の写真と飯の写真で、なにをどうドキドキしろと……？」

「えっ、しないの⁉」

さも意外とばかりに目を丸くする小雪だった。

いったいどんな性癖持ちだと思われているのだろう。

直哉は言葉を失うほかないのだが、小雪は真剣な顔でスマホを睨む。

「おかしいわね……SNSでは猫とご飯の写真が一番無難で安定だって、妹が言ってたのに……」

「妹さん、どうしてネット炎上を恐れる漫画家みたいなアドバイスを……？」

どんな子なのか、非常に興味がわいた。

ともかくこれで謎《なぞ》がひとつ解決した。

目つきの悪い白猫の写真と、普通の一般家庭の夕飯写真がなんの前触れもなく無言で送られてきたので、さすがの直哉も意図が読めずに戸惑っていたのだ。

一応、彼女なりにコミュニケーションを取ろうとしてくれていたらしい。

（……そんなに俺と仲良くなりたいのか）

その不器用な一生懸命さが愛《いと》おしかった。努力の方向性はともかくとして、こんないじらしいところを見せられて好感度が上がらないはずはない。

しかし小雪はそんな直哉のトキメキに気付くこともなく、スマホを睨《にら》んでうんうん唸《うな》り続けるばかりだ。そんな彼女に、直哉は苦笑を向ける。

「まあドキドキはしなかったけど……猫の写真はほっこりしたかな。白金さん家のペット？」

「うん？　そうよ。まだ一歳で、すっごく甘えん坊なんだから」

「へえ。名前はなんていうんだ？」

「『すなぎも』よ」

「……………いい名前だな！　なんていうか個性的で！」

「ふふん、そうでしょ。『すーちゃん』って家族みんな呼んでるわ。ほらほら、お昼寝してるところなんかも可愛《かわい》いんだから。笹原くんには特別に見せてあげるわね」

「お、おう」

小雪はにこにことスマホを操作し、猫の写真をあれこれと見せてくる。

おかげで距離がやたらと近くなった。女の子特有の甘い匂《にお》いが鼻腔《びこう》をくすぐり、長い睫毛《まつげ》の一本一本までもがよく見える。

おまけに直哉には、小雪が胸を弾ませる様が手に取るように読めてしまうのだ。

彼女は直哉と一緒にいて、なにげない時間を過ごすことに大きな喜びを感じている。

そして、それは直哉自身にも言えることだった。

(やっぱり初めてだなあ……こんなに誰《だれ》かと一緒にいて、嬉しいって思うのは)

人の考えが読めてしまうからこそ、直哉はあまり人付き合いが得意な方ではない。よほど気心知れた古い知り合い、もしくは家族以外とは、そこまで一緒にいたいと思わない。

だが、小雪の場合は違う。

もっともっと同じ時間を過ごして、いろいろな表情を見てみたい。素直にそう望む自分がいた。

猫の写真なんて頭に入るはずもなく、直哉は彼女の横顔にただただ見惚れてしまう。

本当に可愛い、普通の女の子だ。

だからふとした疑問が脳裏《のうり》をよぎった。

(自然にしてたらいい子だし……『猛毒の白雪姫』なんてあだ名、全然似合わないよなあ)

周囲の人が小雪のことをどう思っているのか。

それがほんの少しだけ気にかかった。

朝一緒に登校したら、当然昼も一緒にいたいと思ってしまう。

別のクラスなので尚更《なおさら》だ。そのため朝のうちに、直哉は昼の約束を取り付けておいた。

「白金さんは弁当？　よかったら一緒に食べない？　もちろんふたりで」

「えっ、ま、まあ、いい……けど」

突然の申し出に、小雪はたじたじになってうなずいてくれた。

不意打ちだと毒舌も出てこないらしい。

そういうわけで昼休みが始まってすぐ、教室まで迎えに行ったのだが――。

「あれ、いない……？」

二年三組のクラスをのぞいてみれば、小雪の姿は影も形もなかった。

ひょっとしてトイレか、と首をひねっていると――。

「ちょっと、あなた」

聞き覚えのある声が廊下に響く。

なんの気なしに振り返った先に、小雪の姿があった。

彼女は直哉に気付くことなく、別の女子生徒へ声をかけていた。いかにも優等生といった見た目の、眼鏡《めがね》をかけた女の子だ。両手で抱えるようにして大きな段ボールを抱えている。中身は前の授業で使ったであろうプリントや、黒板に張り出すような世界地図などだ。

女子生徒は目を丸くして小雪を見つめる。

「な、なに？　どうかしたの、白金さん？」

「重いでしょ、半分持ってあげるわ」

「えっ、で、でも、私が先生に頼まれたんだし悪いって……」

「いいから！」

小雪はなかば強奪《ごうだつ》するようにして、彼女の荷物を半分以上請け負ってみせた。

ぽかんとしていた女子生徒だが、すぐに花が咲いたような笑顔を向ける。

「ありがとう。白金さんって優しいんだね」

「っ……！」

それに小雪はハッと息を呑《の》み、ぷいっとそっぽを向いてみせるのだ。

「ふんっ、あなたがドン臭くって見ていられなかっただけよ。無駄口はいいから早く行くわよ。これ以上私の時間を浪費させないでちょうだい」

「あ、あはは……ごめんね？」

眼鏡の女子はへにゃりと眉《まゆ》を下げる。

それを見ていた周囲の生徒たちも目配せし合い、肩をすくめるばかり。

正直、あまりいい空気とは言えないだろう。

（なるほどなあ……そりゃこんなことを繰り返してたら、評判も悪くなるか。『猛毒の白雪姫』

も納得だよ）

直哉からしてみれば、今のが照れ隠しだと一発で理解できる。だがしかし、他の人はそうでもない。小雪の言葉と態度を、額面通りに受け取ってしまう。

たしかにこれでは不名誉な二つ名がつけられても仕方がないだろう。

（……もったいないなあ。ほんとはいい子なのにさ）

だから直哉は意を決し、その背中に声をかけた。

「白金さん」

「ふぇっ⁉　さ、笹原くん……？」

その途端、小雪の肩がびくりと跳ねて段ボールを取り落としそうになる。

眼鏡の女子も、突然口を挟んできた直哉に小首をかしげるばかりだ。

しかし直哉はおかまいなしで、にこやかに告げた。

「今のは……あんまりよくないと思うなあ」

「……へ？」

小雪は目を瞬かせる。

「俺だったら、白金さんの今の台詞《せりふ》が照れ隠しだってわかるけどさ。他の人はそんな特技を持ってないんだから。本当の気持ちはちゃんと言葉で示さないとダメだよ」

「べ、別に私は照れてなんか……！」

「俺は白金さんが、他の人に誤解されたままなのは悲しいなあ……」

「うっ……ぐぐ」

いかにも『胸が苦しいです』みたいな顔を作って、直哉はしょんぼり肩を落としてみせる。

オーバーな演技だと自分でも思ったが、小雪には効果てきめんだったらしい。

あからさまに顔を歪《ゆが》めて、ぷるぷると震え始める。しばらく待っていると、ぎこちなく女子生徒に向き直り——小さく頭を下げてみせた。

「その……さっきは酷いこと言って、ごめんなさい……危なかったし、単に手伝いたかっただけなの……」

「えええっ⁉」

それに女子生徒はすっとんきょうな声を上げて驚いた。

直哉もこっそり驚嘆する。まさかここまで素直になるとは思っていなかったからだ。

(あー、俺に言われたからこそ堪えたんだな)

少し反省してもらうつもりが、思ってもみない展開だ。

しょげ返る小雪に、女子生徒は慌ててフォローを入れる。

「いいよいいよ、別に気にしてないから。白金さんも気にしないで」

「ほんとに……？」

「うん。だって白金さん、いっつもそう言って手を貸してくれるでしょ。私はちゃーんと分かってるんだから」

女子生徒はにっこり笑って、キラキラした目を小雪に向ける。

「でも、ちゃんと話してくれてありがとね。白金さんの本音が聞けて嬉しかったよ」

「そ、そんなこと……」

「そっちのあなたもありがと！　ついでにちょっと白金さんのこと借りてくねー！」

「どうぞどうぞ、ごゆっくりー」

もごもごと小さくなる小雪を伴って、女子生徒は職員室の方へと歩いて行く。

それを、直哉は手を振って見送った。周囲の生徒たちはまるでサーカスの猛獣使いでも見るような目を向けていたが、ひとまず気付かないふりをしておいた。

小雪が帰ってきたのは、それから十分ほど経《た》ってからのことだった。

「お疲れ様。いいことしたじゃん、白金さん」

「……」

直哉は中庭で彼女のことを出迎えた。

校舎と校舎の間に広がる中庭は一面に芝生が敷き詰められていて、休み時間ともなれば多くの生徒たちが集う憩いの場だ。今日は晴天ということもあって特に人が多い。みな昼食を食べたりゲームをしたり、それぞれの時間を過ごしている。

ちょうど木陰《こかげ》のベンチが空いていたので、そこで直哉は待っていた。

小雪は弁当の包みを抱えて、隣に座る。

それからしばらく待っても、ずっと俯《うつむ》いて無言のままだった。

(あー……さっきのはやっぱお節介だったかな。人前で叱《しか》られちゃ嫌にもなるよな……)

こうして隣り合っているだけで、小雪の気まずさが伝わってくる。

少しばかり直哉が反省した、そのときだ。

「あの……」

とうとう小雪が口を開く。

ゆっくりと上げた顔には、いつになく真剣な表情が浮かんでいた。

「さっきは……叱ってくれて、ありがとね」

「へ」

直哉は目を瞬かせてしまう。

小雪の目には欠片《かけら》も嘘偽りが存在しなかった。心の底から、直哉の忠告に感謝しているのだとわかる。彼女はため息をこぼしながら、ぽつぽつと言葉を続ける。

「私ね、いっつもあんな感じなの……人とお話しするのが苦手っていうか……だからついつい思ってもいない嫌なことを言っちゃうの」

「あ、やっぱ自覚はあったんだ」

「うん……自分でもダメだって分かってるんだけど、全然直せなくって……」

いつもより、小雪の言葉はずいぶんと素直だ。

直哉の顔をちらりと見て、しょぼくれた顔で続ける。

「でもね、さっき笹原くんが叱ってくれたおかげで……クラスの子と、初めてちゃんとおしゃべりできたの。だからその……ありがと、ね？」

「……どういたしまして」

それに直哉は笑顔を返してみせた。

とはいえ少しばかり引っかかる。もう今のクラスになって一ヶ月ほどが経つ。それなのに『クラスの子と初めてちゃんとおしゃべりできた』というのは……かなり重症だ。

(なんていうか……シンプルに、不器用な子なんだよなあ)

最初からわかっていたことだった。

小雪の毒舌は、ほとんどの場合が照れ隠しか、混乱した挙げ句の防衛本能だ。それ自体はそう珍しくもない悪癖ではあるものの……彼女の場合は、少しそれが過剰すぎるきらいがある。

(こういうのって、だいたい昔のトラウマかなにかが原因で……って、ああいや。これはよくない。よくないぞ)

踏み込んだことを考え始めて、直哉は慌ててそれを頭の中から追い出した。

直哉は人の心の奥底まで、読もうと思えば読めてしまう。

だがしかし、それはよほどのことがない限りしないと昔から決めていた。招かれたわけでもないのに人の心に土足で上がり込むなんて失礼極《きわ》まりないからだ。

黙り込んだ直哉になにを思ったのか、小雪はさらに顔を曇らせる。

「やっぱり呆《あき》れたわよね……『猛毒の白雪姫』なんて言われてるけど……私はただの嫌な子なのよ」

弁当箱に視線を落としたまま、震えた声でこぼす。

その瞳《ひとみ》はかすかに揺れて、今にも雫《しずく》が溢れそうだった。

だから、直哉はあっさりと告げる。

「いや、別に呆れるとかは一切《いっさい》ないけど」

「えっ」

小雪はきょとんとして顔を上げる。

直哉はあたりを見回して、中庭を突っ切った向こう、校舎の渡り廊下付近を指差してみせた。

「たとえば……ほら、あそこ。岩谷《いわたに》先生がいるだろ」

そこにいるのは生徒指導の先生だ。

大柄かつ厳しい顔つきの男性教師で、服装チェックを受ける生徒たちはみな青い顔で突っ立っている。

その見た目の通り、学園一厳しいことで知られるひとりだ。些細《ささい》な校則違反も見逃さず、生徒の前では一度たりとも笑ったことがない。

「……岩谷先生がどうかしたの？」

「あの人、ほんとはおっとりした性格なんだよ。だいぶ無理して生徒指導なんかやってるんだ」

「えっ、うそ」

「うそじゃないって。ほら、見てりゃわかる」

そんな話をするうちに、服装指導が終わったらしい。

生徒たちは蜘蛛《くも》の子を散らすように逃げ出してしまう。

それを見送って岩谷先生は……小さくため息をこぼしてみせた。その顔に浮かぶのは疲れたような暗い色だ。しかしすぐに元どおりの険しい表情を作り上げ、校舎の方へと戻っていく。

おかげで小雪が目を丸くするのだ。

「ほ、ほんとに無理してるみたいね……全然知らなかったわ」

「だろうな。いつもは上手《うま》く装ってるから」

そのことを知っているのは一部の教師と、直哉くらいなものだろう。

岩谷先生は生徒たちはもちろん、同僚たちにも厳しく接する。そのせいで煙たがられているのがわかっていても、自分の仕事に取り組むため『鬼教官』のキャラクターで武装しているのだ。

「俺は人の考えてることがある程度わかるから、知ってるんだ。みんな多かれ少なかれ、白金さんみたいに鎧《よろい》で武装してるんだ、って」

厳しい教師の鎧を。

誰にでも優しい聖女の鎧を。

人を近付けないため、皮肉屋の鎧を。

みんなそれぞれいろいろな武装を持っていて、場面によって使い分けたりもする。

それはけっして悪いことではないし、生きるためには必ず必要になるもののひとつだ。

「だから、白金さんがそういう仮面を付けるのも、ひとつの生き方だと思う。それは悪いことなんかじゃないんだよ」

「……でも、さっき叱ったじゃない」

「それはまあ……もったいないって思っちゃったからな」

「もったいない……?」

小雪は掠《かす》れた声を絞り出して、ぽかんと目を丸くする。

そんな彼女の手に、直哉は自分の手を重ね、ゆっくりと語りかけた。

「白金さんは本当はすっごく真面目《まじめ》ないい子なんだからさ、それなのに他の人に誤解されちゃうのはもったいないだろ」

「わ、私はそんな、善良な人間じゃ……」

「いい子じゃなきゃ、困ってるクラスメートに手は貸さないって」

おどおどと視線を逸らす小雪に、直哉は笑う。

「白金さんだって、ほんとはもっといろんな人と仲良くなりたいんだろ。素直になれたら、さっきの女の子のほかにもたくさん友達が増えるに違いないよ」

「……私なんかと仲良くしてくれる人なんているかしら」

「なに言ってるんだよ、ここにひとりいるだろ」

「うっ……そ、それはあなたが変人だからでしょ」

ごにょごにょと顔を赤くして黙り込む小雪だった。

ともあれ、『いろんな人と仲良くしたい』という願いに異論はないらしい。

だったら直哉ができることはひとつ――そばで支える、それだけだ。

「まあ、こういうのはすぐにどうこうなるものでもないし、少しずつ努力していこうよ。本当の気持ちが言えるように。俺もなにかできることがあったら協力するから」

「笹原くん……」

小雪はじーんとしたように、その言葉を噛みしめる。

そうしてややあってからキリッとした顔でうなずくのだ。

「うん。私、頑張ってみる。素直になって……『猛毒の白雪姫』なんてやめてみせるわ！」

「よしよし、その意気だよ」

直哉はそんな彼女に笑顔を返した。

人の心が読める直哉だからこそ、『変わろうとする』ことがどれだけ勇気のいることなのか知っている。ほとんどの人は自分の欠点を自覚しても、見て見ぬ振りして生きていくものだ。

それなのに小雪の決意はずいぶん固い。

不名誉なあだ名を払拭できる日は、いつか必ず来るだろう。

そんなことを考えて、ふと気付く。

（やっぱり俺、この子のことが好きだよなあ……）

心の中で言葉にすれば、その思いはしっかりとした形となる。

恋とは、ある日突然落ちるものだと思っていた。

それがどうやら実際には、落ちていたことにふとした瞬間に気付くものらしい。

思ったよりも早い陥落に自分で自分に笑みがこぼれた、そんな折。

「ありがとうね、笹原くん」

「へ？」

小雪が口を開いてハッとする。

彼女は直哉のことをまっすぐ見つめていて、薄いはにかみを浮かべてみせた。

「あなたがいなかったら、私……今日また失敗して、ウジウジ後悔していたはずよ。だからお礼を言わせてほしいの」

「う、うん。別にどうってことないって」

好意を自覚した直後のため、まっすぐな言葉がむずがゆかった。

直哉はごにょごにょと言葉を濁しながら彼女に笑いかける。

「俺はきっかけを作っただけだからさ。白金さんだったらすぐにたくさん友達もできるはずだよ」

「友達……かあ」

そこで小雪の顔がふっと曇った。

「私なんかにお友達ができるかしら……ちゃんと仲良くできるかも不安だし……」

「いやいや、そんな深刻に考える必要ないって。友達なんて普通にしてりゃいいんだから」

「普通って、たとえば？」

「うーん……そうだなあ」

そう言う直哉も、それほど友人が多いわけではない。

それでも小雪の期待の眼差《まなざ》しに応《こた》えるべく、普通の友人関係を指折り数えていくのだが――。

「待ち合わせて一緒に登校したり、一緒にお弁当を食べたり、放課後に寄り道した、り……」

「むう、難易度が高そう……って、笹原くんどうかしたの？」

「いやあ……ちょっと残念なことに気付いてしまって」

「ふうん？」

顔を覆《おお》ってうなだれる直哉に、小雪がきょとんと首をかしげてみせる。

登校やお昼を共にして、学校の終わりに一緒に寄り道する。

それはまさに今、直哉と小雪がともにし始めた日常だ。

（つまり今の俺らって、友達って呼んでも差し支えない関係なんだな……？）

直哉も異性の友達が何人かいる。

だから、男女間の友情だって成立することを身をもって知っていた。

むしろそれ以外の関係をよく知らない。なにしろこれまで女子とのフラグは片っ端から折ってきたため、恋愛経験はゼロ。初恋さえもまだだからだ。

小雪と過ごすのは心地よい。好意を抱いているのも間違いない。だがしかし――。

（俺が白金さんを好きなのって……どういう好きなんだ？）

恋なのか、友情なのか。

それが今の自分には、とんと判別できないことに直哉は気付いてしまった。

三章 『好き』の正体

その日、空がほんのり夕焼け色に染まり始めたころ。

直哉《なおや》は重い足取りで校舎の玄関までたどり着いた。

靴箱に背を預けて、ため息をこぼす。

「あー……やーっと終わった」

「お疲れ。お互い災難だったよなあ」

それに軽口を返すのは友人の河野《こうの》巽《たつみ》だ。

ふたり揃って小テストで赤点を取って、補習を受けていたのだ。

巽は自分の靴に手を伸ばそうとして、ふと小首をかしげてみせる。

「しっかし、おまえが補習を食らうとは。珍しいこともあるもんだな」

「数学はもともと苦手だっつーの。巽も知ってるだろ」

「でも赤点取るほどでもないだろ？」

「……まあな」

直哉は素直にそれを認める。

自慢するほどでもないが、勉強はそれなりにできる方だ。

別に地頭《じあたま》がいいとかそういった話ではなく、授業を聞けば先生がどこを試験に出すつもりなのか、だいたいわかるだけである。ヤマを張るのが神憑《かみがか》り的に上手《うま》いともいう。

そういうわけで、少しの予習復習だけでテストは簡単に切り抜けられる。こんなふうに補習を受けたのは初めてのことだった。

巽は直哉の鼻先に人差し指を突きつけて、ニヤリと笑う。

「最近ぼーっとしてることが多いよな。悩みでもあるんだろ。当ててやろうか？」

「ご自由に」

「ずばり……白金《しろがね》さんのことだろ！」

「まあ、普通にわかるよなあ……」

直哉は肩を落とすしかない。

巽の言う通り、直哉の悩みは白金小雪《こゆき》その人だ。

自分でもわかりやすいと思っていたので、否定する気にもならなかった。

「いやあ、ずーっと聞きたかったんだよなあ。おまえら地味に噂《うわさ》になってるもん。『猛毒の白雪姫』が冴《さ》えない男子生徒にご執心だってな」

巽はふざけて直哉の肩口を小突いてくる。

しかしふと真面目《まじめ》な顔になって、気遣わしげに尋ねてくるのだ。

「でも白金さん、性格はちょっとキツいけど美人じゃん。あんな子に好かれて、いったい何に悩むことがあるんだよ？」

「どっちかっていうと、問題なのは俺《おれ》の方なんだよなあ……」

「はあ？」

直哉が大きなため息をこぼすと、巽は怪訝《けげん》な顔をしてみせた。

小雪が直哉のことを好いてくれるのは光栄だ。素直に嬉《うれ》しいと思う。

だがしかし――。

「俺が白金さんのことを、どういう意味で好きかがわからないんだよ……」

「…………は？」

ひと口に『好き』と言ってもいろいろある。

たとえば家族的な意味、友情的な意味、もしくは恋愛的な意味。

小雪が直哉に向けるのは恋愛的な『好き』だ。

ならば直哉が小雪に抱く好意はなんなのか。

先日、ふとしたことで覚えた疑問は膨らむばかりで、一向に答えが出せずにもやもやするばかりだった。

「そういうわけで悩んでて……って、なんだその顔は」

「えっ……ドン引きしてる」

巽は青白い顔で、か細い声を絞り出した。

興味津々といった様子は消え、なにか恐ろしい怪物でも見るかのようにして直哉のことを凝視している。

「本気で言ってるのかよ、おまえ……今日び幼稚園児でもそれくらいは自分で判断できるぞ。健全な男子高校生が抱えていい悩みじゃねえっての」

「仕方ないだろ！　これまで恋愛なんて縁がなかったんだから！」

「それは昔からそういうフラグをバッキバキに折りまくってきたからだろ」

「うぐっ……か、返す言葉もない」

昔から自分をよく知る幼馴染《おさななじ》みの言葉が胸に刺さり、直哉はがっくりと項垂《うなだ》れるしかない。

直哉は人の心が読めるせいで、昔から人付き合いが苦手だ。

だから女の子から好意を抱かれたのを察すると、毎度それとなく釘《くぎ》を刺して遠ざけてきた。

そのせいで恋愛経験が圧倒的に足りていない。

小雪への想《おも》いがなんなのか判断できないのも、ひとえにそのあたりが問題な気がした。

（えっ、つまり俺の自業自得……？）

さーっと顔が青ざめる直哉だった。

そんななか、巽はやけに楽しげな笑顔でバシバシと直哉の背中を叩《たた》いてくる。

「おまえ、他人の心の機微には敏感なのに、自分の感情についてはさっぱりなんだな。いやー、

「ひ、人ごとだと思って……おまえはいったい何様だ」

「だって俺は彼女いるし。ドヤ顔でアドバイスできる立場だろ」

「そうだった……」

可哀想《かわいそう》でおもしれえ

チャラそうに見えて、巽は一年以上付き合っている彼女がいる。

彼からしてみれば、直哉の悩みなどさぞかし噴飯ものだろう。

「しっかしおまえみたいな筋金入りの変人、白金さんもどこがいいのやら……お？」

巽は呆《あき》れたように肩をすくめつつ、靴を履《は》き替えて歩き出す。

しかし、玄関から出る前にその足がぴたりと止まった。

そのまま巽は顎《あご》を撫《な》でて、感心したようにぼやく。

「どこがいいかは知らねえけど……向こうは思ったより本気みたいだな」

「はあ？　なんの話だ」

「だってほら、あれ。白金さんだろ」

「は……!?」

巽が指差すのは、正門の方角だ。

部活生はどこもまだ練習中で、あたりにいる生徒の姿もまばらである。

ずいぶん閑散としたその場所で――門柱にもたれかかりながら、小雪がぼんやりと爪先《つまさき》を見つめていた。

「白金さん⁉」

「あっ……」

おもわず直哉は叫んでしまって、慌ててそちらへ駆け寄った。

それに気付いて小雪の顔がぱあっと明るく輝く。

しかしすぐに取り繕うようにして髪をかき上げて、いつもの冷笑を浮かべてみせた。

「あら、笹原《ささはら》くんじゃない。奇遇ね」

「いやいや奇遇じゃなくて……白金さんが待っててくれたんだろ」

小雪の顔には、ちょっとした疲れがにじんでいた。足元には足跡がいくつも刻まれている
し……かなり長い間、ここで待っていてくれたのが明らかだった。

「数学の補習で遅くなるから、先に帰ってくれていいって言ったのに……」

「ふんだ、思い上がらないでちょうだい、あなたのことなんか待ってないわ。今日はたまたま
図書館で勉強していただけよ」

小雪はつんと澄ましたように言い放つ。明らかな強がりだ。

だがそれを指摘することはせず、直哉は小雪にぺこりと頭を下げた。

「そっか。でも、遅くなってごめん。今度からは補習に引っかからないよう、俺も真面目に勉
強するよ」

「うっ……ま、まあ、あなたが謝りたいって言うのなら、その謝罪を受けてあげてもいいわよ。ええ」

小雪は少し視線を逸《そ》らしつつ、ごにょごにょと応《こた》えてみせた。

鼻先が赤く染まっているし、満更《まんざら》でもないらしい。

そんなわかりやすいところが可愛《かわい》いなあ、と思えるし——。

(やっぱり、一緒にいて楽しいんだよな)

人の心が読めてしまうからこそ、他人といると疲弊する。

だがしかし、小雪の場合はやっぱり別だ。これだけ一緒にいても疲れるどころか、安心感を覚える自分がいる。

(でもなあ……それだけで『恋愛感情』だって断言するのは早いよな)

なにしろ直哉がこうして自然に付き合える相手はほかにもいる。

両親に、バイト先の店長、そして——。

「あれー、直哉じゃん」

「お?」

「む……」

そこで背後から、女子の明るい声が響いた。

振り返ってみれば、そこにはひとりの女子が立っている。

赤茶の髪をポニーテールにしており、スカートから伸びる足はすらりと細い。少しつり目がちの大きな目が活発そうな印象を与える、スポーティな少女だ。

彼女の姿を見て、直哉は相好を崩す。

なにしろ気心の知れた相手だからだ。

「結衣《ゆい》か。部活帰り？」

「いや、今日は休みだったんだよねえ。直哉はなんでこんなに遅く……って、白金さん⁉」

軽い調子で近付いてきた彼女だが、直哉の隣にいる小雪を見てギョッとする。

そのまま目を丸くしてふたりの顔を見比べるのだ。

「えっ、なんで直哉が白金さんと一緒にいるわけ⁉　どんな接点⁉」

「あれ、言ってなかったっけ。いろいろあって、最近仲良くなったんだよ」

「えええ……あんたみたいな変人となんでまた。あっ、白金さんも今帰り？」

「え、ええ……」

小雪はぎこちなくうなずいてみせた。

どこか壁があるものの、見知らぬ相手という様子でもない。

不思議な距離感に首をかしげるものの、すぐに直哉はぽんと手を叩く。

「そういや結衣は三組だっけ。白金さんと同じクラスなんだな」

「そうそう。あんまり話したことはないけどねえ」

「……そう、ね」

小雪は小さくうなずいて、ちらりと直哉に視線を投げる。

浮かべる笑みは上品なもの。

しかし同時に、直哉に向けてチクチクと針で刺すような威圧感を放っていた。

「ところでその……笹原くんと夏目《なつめ》さんはお友達なの？」

「友達っていうか、幼馴染みなんだよな」

「うん。幼稚園のころからずーっと一緒だから、筋金入りの腐れ縁だねえ」

直哉の言葉に、結衣もにこやかに相槌《あいづち》を打つ。

夏目結衣。

直哉にとっては十年以上の付き合いになる幼馴染みだ。

家も近所で家族ぐるみでの交流もあるため、たまーに夏目家で夕飯をいただいたりもする。

直哉が気楽に付き合える、数少ない相手でもあった。

「へえ……そうなの」

そう説明すると、小雪は硬い面持ちを浮かべてみせた。

途端にまとう空気が冷たくなる。先ほどまでなかったはずの壁が、直哉との間に築かれた……そんな感じだ。

「ああ。大丈夫だって、白金さん」

だから直哉は結衣を示して、明るく告げる。

なにしろそんな勘違いをされては、結衣も不本意だろうから。

「結衣はただの幼馴染みだからさ。白金さんが心配するようなことは何も――」

「こっ、こらぁっ！」

「むがっ……!?」

そこで、なぜか小雪が慌てて直哉の口をふさいだ。

あまりに予想外な反応で、直哉は目を白黒させるしかない。

（えっ、なんだ？　自分で言うのもなんだけど、今のフォローは的確だったよな？）

小雪が結衣に嫉妬《しっと》しているのは、火を見るよりも明らかだった。

だからその不安を取り除こうとしたのに……この反応は正直言って予想外だ。

直哉がわかるのは人の感情だけ。その原因理由はいつも状況から推理している。だが、今回はまるで理由が読み取れなかった。

戸惑うしかない直哉のことを、小雪は声をひそめて叱《しか》りつける。

「デリカシーに欠けるにもほどがあるでしょ！　あなたはどうか知らないけど、夏目さんが万が一にもあなたのことが好きなら……傷つくじゃない！　そんなの絶対ダメよ！」

「結衣が俺を――……？　いや、それだけはありえないって」

「どうしてよ！　可能性はなくはないでしょ、だって幼馴染みなんだから！」

根拠があまりに雑だが、小雪は真剣そのものだ。

しかしなるほど。突然の怒りの理由はよくわかった。

完全に的外れではあるものの……気遣いのかたまりだ。

（ええぇ……恋のライバルになるかもしれない結衣のために怒ったのかよ……なにそれ可愛いじゃんか）

恋愛感情かどうかはさておいて、好感度の上昇がとめどない。

じーんとしている直哉をよそに、小雪は「ちょっと聞いてるの⁉」と詰め寄るばかり。

そんななか、蚊帳《かや》の外の結衣は半笑いになっていた。

もちろん二メートルたらずの至近距離だから、会話は全《すべ》て筒抜けである。

「いやあの、お取り込み中のところ悪いんだけどさ――」

「おまえら、急になにを揉《も》めてんだよ」

そこで、靴箱のあたりで見守っていた巽が声をかけてきた。

呆れたような白い目を向ける彼に、結衣は軽い調子で片手を上げる。

「あ、巽じゃん。補習お疲れ様ー。ひょっとして直哉も一緒だったの？」

「おう。ふたりで仲良く受けてきたよ」

「わはは。かわいそー。日頃《ひごろ》の行いが悪い証拠だね」

「え、えっと……笹原くん、こちらの方は？」

新しい人物の登場に、小雪が怒りを収めてこそこそと尋ねてくる。

わりと何度か直哉と一緒にいるところを見ているはずなのだが……まったく覚えていないらしい。

直哉はざっくりと紹介する。

「こいつは俺と同じ一組の河野巽」

「それで一応、私の幼馴染み兼彼氏ってやつなんだー」

「よろしくなー、白金さん」

「はあ、よろし……えっ、彼氏⁉」

結衣が続けた単語に、小雪は目を丸くする。

「うん、そーだよ。ほらこんな感じで」

そう言って、結衣は巽と腕を組む。

特に恥ずかしがるでもなく普通の様子で、最後にびしっとブイサインまで決めてみせた。

「ね、どこからどー見てもラブラブなカップルってやつでしょ！」

「は、はあ……」

「おまえなあ……急にやめろって。白金さん引いてるだろ」

「えー。こんなのいつものことじゃん」

「それはそうかもしれないけど、ＴＰＯってのがあってだなあ」

巽は渋い顔でツッコミを入れるものの、結衣を引き剝《は》がそうとはしない。

見るもわかりやすいイチャイチャっぷりだった。

ふたりをぽかんと見守る小雪に、直哉はこっそりと補足する。

「俺たち三人幼馴染みで、こっちのふたりは付き合ってるんだよ。俺は余り物ってわけ」

「ふ、ふーん……そうなの。ふーん」

小雪はふたりを見つめたまま、何度も確かめるようにうなずいてみせる。

それに、直哉は苦笑して尋ねるのだ。

「……機嫌直してくれた？」

「はあ？　なんの話かしら。あなたと他の女の子がどんな関係だろうと、私には一切《いっさい》関係ないわ。自惚《うぬぼ》れないでちょうだい」

つーんと澄ましてみせる小雪である。

とはいえ先ほどまでのピリピリした空気はなくなって、いつも通りの距離感が戻ってきた。

どうやら無事に誤解は解けたらしい。

直哉はホッと胸を撫で下ろすのだが――。

「っていうか……あいつらは何してるんだ？」

先ほど紹介したばかりの幼馴染みカップルふたりが、いつの間にやら直哉たちからかなり離れた場所にいた。自販機の陰に隠れるようにして、こそこそと話し合っている。

「ほんとにあのふたり……ねえ……」

「でもこれが……みたいで……」

「ふむふむ、だったら……」

「おっ、いいじゃんいいじゃん。やるか？」

「やっちゃいましょ！」

そうして、ふたりはにんまりと顔を見合わせる。

会話の内容は、完璧《かんぺき》には聞き取れなかった。

それなりに耳はいい方だが、幼馴染みふたりはそれを知っているから、直哉から聞こえない距離を保って相談するくらいはわけないのだ。

（いったいなんの話をしているんだ……？）

なんとなく気になって、そちらをじーっと見てしまう。

一方、小雪は相変わらずクールを装いつつも「まああなたに興味はないけど？　夏目さんはちょっとだけ気になるわね。私と同じ年なのにもう彼氏がいるなんて、進んでるっていうか、なんかこう、すごいっていうか……」とかなんとかごにょごにょと言っていた。結衣たちの行動にはまるで気付いていないようだ。

やがてふたりが戻ってくる。

どちらも満面の笑みで、直哉がジト目を向けてもどこ吹く風だ。

そんななか、結衣がにこにこと小雪の顔を覗《のぞ》き込んだ。

「ねえねえ、白金さん。今日はこれから時間ある？」

「へ？　あるけど……なに？」

「じゃあちょうどいいね！　実はねえ……じゃじゃーん！」

結衣が鞄から取り出したのは、カラフルなチケットだ。

それをひらひらさせながら続けることには――。

「これ、駅前のクレープ屋さんで使える割引券なの！　ちょうど四人分あるから、白金さんと直哉もこれから一緒にどう？」

「えっ⁉」

小雪は目を丸くして大きく息を呑んだ。

しばらくそのまま凍りついて……結衣におずおずと問い返す。

「つ、つまり……私を誘ってくれてる、ってこと……？」

「うん。お邪魔だっていうのならまたの機会に誘うからさ。どうかなどうかな、白金さん！」

「えっ……え、えっと……その」

グイグイ来る結衣に、小雪はますますたじたじになってしまう。

それを見て、直哉はこっそり首をかしげるのだ。

（ひょっとして……白金さんに興味があるのか？）

結衣もまた巽同様、直哉とは長い付き合いだ。

直哉が女子と距離を置いていたことを知っているし、それが急にこんな美少女とお近付きになれば気になって当然。

女子は恋バナが好きだと言うし、いろいろ聞きたいことがあるのだろう。

だが、直哉には結衣のことよりも小雪の方が気がかりだった。

「駅前のクレープ屋、行ったことある？　変わった具材が多くて面白《おもしろ》いんだー。白金さんもきっと気に入ると思うよ！」

「あ、あうう……」

にこにこした結衣とは対照的に、小雪は赤くなって縮こまるばかりだ。

緊張しているのが丸わかりである。

（このままだと、また照れ隠しに『猛毒の白雪姫』が出てくるかなあ……）

先日の失敗は記憶に新しい。

だから今回も助け舟を出そうとしたのだが――。

「ね、クレープ食べながら一緒に恋バナでもしよーよ」

「こ、こいばな……？」

結衣の発した言葉に、小雪の眉《まゆ》がぴくりと動く。

そのまま彼女はその単語を何度も口の中で繰り返し――結衣の手を、クレープ屋のタダ券ごとがしっと握った。

「行く！　ぜひともお話を聞かせてほしいわ！」

「おお、そうこなくっちゃ！」

「ほんとに女子って恋バナ好きなんだな……」

「なあ……そんなに楽しいものかねえ」

女子のテンションはうなぎ上りだが、男子ふたりは顔を見合わせるだけだった。

駅前のクレープ屋はいつも若者で賑《にぎ》わっているが、下校時間から少し経《た》っているせいか直哉たちの前に並んでいるのも三、四人だけだった。

店の前にあるメニュー表を眺めながら、結衣は真剣な顔でうんうんと唸《うな》る。

「どれにしようかなあ、前に来たときは苺系にしたし、今回はチョコ系かなあ。ねえねえ、巽はどうする？」

「俺は甘いのはキツいかな……なんかおかず的なのある？」

「フランクフルトとかツナサラダとかあるみたいだけど……あっ、店員さんのおすすめは納豆とたくあんの組み合わせだって！　いっとく？」

「チャレンジャーすぎるだろ。白米をよこせ」

幼馴染みカップルふたりはイチャイチャしながらクレープを選ぶ。

その真後ろに並びつつ、直哉はこっそり小雪に話しかけてみた。

「急に付き合ってもらってごめんな、白金さん。迷惑じゃないかな？」

「別に。暇だったしちょうどいいわ」

つーんと澄まして言うものの、その口元は二ミリほどひきつっていた。

直哉が気遣わしげに見ていると、彼女は観念したようにへにゃりと眉を下げてみせる。

「ただちょっと……こんなふうに放課後誘われて寄り道するなんて初めてだから、緊張してる……かも」

「ああ、友達いないって言ってたもんなあ」

「うぐっ……ずけずけ言う人ね。ほんとのことだから否定できないけど」

小雪は直哉のことをじろりと睨むが、ため息をこぼすだけだった。

そのまま不安げな様子でクレープ屋を見つめる。

「寄り道もそうなんだけど、そもそもクレープ屋さんも初めてだし、恋バナなんてもっと初めてで……わ、私大丈夫？　ちゃんとできているかしら」

「ちゃんとできるも何も、まだ始まってもいないから」

まだクレープを注文する段階にすら至っていない。

それでこのガチガチ具合なので、ちょっとだけ心配だった。

（しかし白金さん、今日はずいぶん素直だなあ）

直哉に対しては通常運転だが、結衣たちにはかなり毒舌を控えている。

自分でしっかりブレーキをかけているのだ。

（よっぽどクレープと恋バナの取り合わせに心を動かされたのか、あるいは——あっ）

そこまで考えたところで、ひとつの可能性に気付いた。

直哉はごくりと喉《のど》を鳴らし、おそるおそる尋ねてみる。

「ひょっとして……この前俺が言ったから？　『素直になった方がいい』って」

「ふん、自意識過剰ね」

小雪は心外だとばかりに鼻を鳴らす。

「笹原くんごときの言葉が私の行動を決定付けるわけがないでしょ。思い上がるのも甚だしいわ。あなたとの会話なんてどれも中身がないし、次の日にはだいたい忘れてるんだから。ただまあ……そうね」

ひとしきり毒を吐いてから、小雪はごほんと咳払《せきばら》いをする。

そうして目線を爪先のあたりに落として、ぽつぽつ言うことには——。

「私も本当は、こういうことしてみたかったし。べ、べつに、恋バナなんて興味はないけど、甘いものは嫌いじゃないし……」

そのままごにょごにょと言い訳めいたことを口にして。

小雪は真《ま》っ赤《か》な顔で、直哉のことをちらりと上目遣《うわめづか》いで見やる。

「だから勇気を出してよかったな、って思うから。あなたのおかげとかじゃないけど……一応言っておくわ。えっと、その……あ、ありがと……ね？」

「……………」

「えっ、なに？　なんで無言で真顔？　わ、私なにか変なこと言った⁉」

「いや、その……」

慌てふためく小雪に、直哉は口元を押さえて言葉を絞り出す。

「破壊力が高すぎて、ちょっと意識が飛びかけただけだから。気にしないでくれ」

「いや、気になるんだけど……破壊力って何？」

小雪は怪訝そうに眉をひそめて首をかしげる。

そんな仕草も威力抜群で、直哉の心臓に多大なダメージを与えた。

（えー……無理だろこれ、好きにならない方がどうかしてるって）

小雪に抱く感情の正体は依然として摑《つか》めないまま。

それなのに、直哉の中で好感度だけがぐんぐん上がっていく。

一歩踏み出した勇気に胸が打たれるし、頭を撫でて高い高いして、褒め殺してあげたくなる。

（うん？　これはどっちかっていうと保護者の視点なのでは……？）

悩みに悩んだ末、また新たな可能性が生まれてしまった。

友情か恋愛か、はたまた保護者目線か。

（俺の『好き』は……いったいどういう『好き』なんだろう）

想いが溢《あふ》れたせいで、疑問もますます膨らむ一方だ。

おかげでクレープを注文する間はもちろんのこと、店内の小さなテーブルについて四人での談笑が始まってもなお、直哉は黙々と悩み続けてしまうことになった。

直哉の隣に小雪が座り、その正面に結衣と巽が位置する形だ。

直哉が黙り込んでいるのにもおかまいなしで、女子ふたりは恋バナで大いに盛り上がる。

「えっ……⁉　夏目さんたちが付き合いだしたのって、笹原くんがきっかけなの？　でもこの人、恋のキューピッドなんて器用な真似《まね》ができるようには見えないんだけど……」

「まあ、あれは力技だったからねえ」

「力技のキューピッドって何……？」

「いやあ、話せば長くなるんだけど」

結衣は直哉のことをちらりと見やり、やれやれと肩をすくめて続ける。

「掻《か》い摘《つま》んで言うと、中学も卒業間近ってときに三人で帰ってたら、急に直哉が言い出したんだよね。『ところでおまえら、いつになったら付き合うんだ？』って」

「あ、あまりにデリカシーがない……！」

「だよなあ。俺もあのときの空気は二度と味わいたくねえよ……」

巽もクレープをぱくつきながら半眼でぼやく。

三人分の冷たい視線を受けて、さすがの直哉も無視できなくなった。

「い、いやいや。あれにはちゃんと事情があったんだって」

自分もクレープを食べつつ、弁明を始める。

たしかに情緒も何もないやり方だと思うが、ほかにやりようもなかった。

三人は幼稚園のころからずっと一緒だった。察しのいい直哉でなくても結衣と巽が思い合っていることは明白で、それなのにどちらも行動を起こそうとはしなかった。

幸い同じ高校に進学することは決まったが、結衣も巽も友人が多い。

高校生ともなれば自然と距離も変わるはずだし、今が最後のチャンスだと思った。

だから、背中を押した。それだけだ。

さすがにそれからふたりと少しギクシャクしたが、結局はこういう形に落ち着いて直哉との付き合いも続いている。

「ほら、こうして聞くと美談だろ？」

「美談かどうかは分からないけど、思ってたような甘酸っぱい恋バナじゃないのは確かね……」

小雪は釈然としない様子で苺クレープをはむはむと食べる。

食べ方が下手なので、ひと口ごとにクリームが鼻先に付いてしまって、その都度ティッシュで拭いての繰り返しだった。その小動物めいた姿にますます好感度が高まったのは言うまでもない。

そんな小雪に、当事者の結衣がにこやかに話しかける。

「私たちの話はいいからさ、白金さんの話も聞きたいな」

「へ？　わ、私の話……って？」

「もちろん恋バナだよー。直哉のこと、どんなところが好きなの？」

「ふぇうっ⁉」

クレープを握る手に力が入って、包み紙がくしゃっとなった。

顔を苺以上の真っ赤に染めて、口をぱくぱくさせて固まるその姿は、完全なる図星だ。

しかし小雪は少ししてから不敵な笑み――口元が引きつっていて、こめかみには冷や汗が伝っていた――を浮かべてみせる。

「お、面白い冗談ね……私がこんな変人を好きになるわけないじゃない」

直哉のことを顎で示し、クールな調子で続けることには。

「今はそうね……自分から告白したくなるくらい、私のことを好きにならせるっていう遊びの最中なの。だから私は別に好きでもなんでもないんだから」

「あー、なるほど。そんなことじゃないかと思ったんだよねー」

「そうでしょそうで……えっ？」

予期せぬ相槌《あいづち》だったのか、小雪がぽかんと目を丸くする。

しかし結衣はおかまいなしで直哉のことを指差すのだ。

「だって直哉ってばデリカシーがなさすぎるでしょ。隠しごとだってズバズバ当ててくるし、そもそも見た目もパッとしないから、美人な白金さんと一緒にいても月とスッポンで釣り合わないなーって感じだし」

「おいこら、流れるように罵倒《ばとう》するのやめろ」

「たしかにちょっと、人の心がないのかな……って思うときがないこともないけれど……」

「えっ、白金さんまで……?」

神妙な顔でそう言われてしまえば、さすがの直哉もグサッときた。

そんななか、小雪はぽつぽつと言葉をつむぐ。

「でも……笹原くんはそんなに悪い人じゃないわ。私はたくさん助けてもらったし、一緒にいて安心できるし……だからその……」

小雪はそこでごにょごにょと言葉を濁す。

直哉の顔をちらりと見てから、俯《うつむ》き加減に続けることには。

「や、優しい人、だから……私と釣り合わない、なんてことはない……と思うの」

それは精いっぱいの可愛い反撃だった。

思った以上の反応が返ってきたためか、結衣と巽がぽかんとする。

もちろんそれは直哉も同様で、ふたりより大きな衝撃を受けていた。

その場を一時沈黙が支配して、小雪がハッとして叫ぶ。

「で、でもでも、別に好きでもなんでもないんだから！　ほんとなんだからね！」

「へ？　うんうん、そうだよねえ。ごめんね白金さん、変なこと聞いちゃって」

「ふんだ、わかってもらえたならいいのよ」

小雪はバツが悪そうにクレープをぱくついていく。

あからさまな照れ隠しだ。

それに直哉は和《なご》むでもなく……シンプルに落ち込んでしまう。

（白金さんは素直になりきれないだけで、自分の気持ちが何かは分かってるんだよな……それに比べて俺はなあ……）

なんだか、小雪にひどく申し訳なくなってしまった。

「そっかー。よーくわかったねえ、巽」

「だなー」

結衣と巽が何やら意味深に笑みを深め、打ち合わせでもするように目配せしあっていたが、落ち込む直哉にそのことについて深く考える余裕はなかった。

ぼんやりとクレープをかじっていると、結衣が明るく話しかけてくる。

「あ、ところで直哉のクレープ美味しそうだよね」

「は……？　そうか？」

直哉が食べているのは抹茶アイスと小豆という地味めの組み合わせである。

とはいえ結衣のチョコバナナに比べると甘さ控えめなので、ちょっと羨《うらや》ましくなったのかもしれない。

結衣はにこにこしながら手を合わせる。

「ね、ね。ちょいとひと口ちょーだいよ」

「はあ？　嫌に決まってるだろ、おまえのひと口は無駄にでかいんだよ」

「いいじゃん減るもんじゃなし」

「明らかに減るだろうが。巽からもらえばいいだろ」

「えー、だって私納豆苦手だもん」

「巽は巽で、なんでそんなゲテモノにしたんだよ」

「いや、意外とイケるぞこれ」

納豆クレープを平然と頬張《ほおば》る巽だった。

マイペースな幼馴染みに白い目を向けていると、結衣はわざわざ直哉のそばまで来てねだってくる。

「ほんとにひと口だけ。いいでしょ？」

「仕方ないなあ……ほら」

「わーい、いただきまーす！」

結衣は遠慮なく直哉にぺったり密着して、クレープに食いついた。

今さら間接キスがどうこうなんて言うような仲でもない。思った以上に減ったクレープを見下ろして、直哉がため息をついたところで――。

「じゃ、じゃあ……私にもひと口ちょうだい！」

「えっ⁉」

横手から思わぬ声がかかって、直哉の喉から悲鳴が漏《も》れた。

見れば小雪はいつになく真剣な顔で直哉のことをじっと見つめている。

クレープが欲しいというより、直哉に急接近した結衣が羨ましくなったのだろうとわかった。断る理由もないので、先ほど結衣にしたようにさくっと食べさせてあげればいい。そのはずなのだが――。

（えっ、なんだこれ。なんか急に、変な感じがする……）

なぜか心臓が急にうるさく鳴り始め、顔に赤みが差していくのがわかった。

口の中もカラカラに乾いてしまって、たった一言絞り出すのにも苦労する。

「い、いいけど……はい」

「あ、ありがと……あむ」

ぎこちなくクレープを差し出すと、小雪が顔を近付ける。

髪を耳にかけ、クレープの端を控えめにかじって……直哉はそれを呼吸すら忘れて見入ってしまった。

「うん、美味しい」

ゆっくりもぐもぐしてから、小雪は恥ずかしそうにはにかんだ。

クリームがついたままの彼女の唇が、やけにつやつやして見えて――。

「うっ……！」

「え、なに、どうしたの？　私ひょっとして食べすぎちゃった……？」

胸を押さえて苦しみ出した直哉に、小雪がおろおろする。

単に、心臓に重篤な不具合が起こっただけだ。

（結衣のときは何でもなかったのに……白金さんだけ、こう……すごい……！）

それがいったい何を意味するのかはわからない。というか、頭が真っ白になりそうでまともな思考も覚束《おぼつか》ない。

苦しむ直哉を見て、巽は揶揄《やゆ》するようにニヤニヤと笑う。

「はー、おまえも幸せ者だよなあ。こんな可愛い子とイチャイチャしやがって。俺だって結衣がいなけりゃ狙《ねら》ってたかもな」

「おっ、言うねえ、巽。でもたしかに白金さんは可愛いよねえ。お肌もすべすべだし羨ましいなー」

「な。スタイルもいいし勉強もできるんだろ。まさに才色兼備の高嶺《たかね》の花ってやつだよなあ」

「へ⁉　そ、そんなことない……けど」

突然の誉《ほ》め殺しに、小雪は真っ赤になってうつむいてしまう。

これまで『猛毒の白雪姫』として遠巻きにされてきた分、余計にふたりの言葉が心にしみたのだろう。毒舌が出る余裕もなく、小さくなって恥ずかしがる。

そんな小雪も可愛くはあったが……なぜか直哉には面白くなかった。

（は？　結衣はともかくとして……巽はちょっと馴《な》れ馴れしくないか？）

ふたりが小雪の良さをちゃんと理解してくれるのは理解できる。

本心から褒めてくれているのもわかる。

だがしかし、巽が小雪に話しかけるのが妙に癪《しゃく》に障った。先ほどまでの動悸《どうき》もすっと冷めて、かわりにおかしなムカムカが胸の内を占拠する。

じろりと睨《にら》んでみると、巽はそれに気付いたようだった。

だが意にも介さず「そうだ」と明るい声を上げる。

「白金さんってたしか学年成績一位だよな？　よかったら今度勉強教えてくれよ」

「へ？」

「はあ……？」

自分でも驚くほどの低い声が、直哉の喉からこぼれ出た。

小雪はきょとんと目を丸くしている。まったく予想だにしなかった申し出だったらしい。戸惑いを隠しきれない小雪に、巽は気さくな様子で続ける。

「いやー、今日も数学の小テストで赤点取っちゃってさ。ちょっと真面目に勉強したいなーと思って。白金さんなら今の範囲くらい楽勝だろ？」

「ま、まあ……数学は得意な方だけど」

「だったら頼むよ、白金さん。勉強教えてくれたら、また今度クレープとか奢《おご》ってお礼するからさ」

「えっ、でも、その……」

「あ、クレープより他のがいい？　白金さんって何が好きなんだ？　なんでも言ってくれればプレゼントするからさあ」

巽はニコニコと追撃する。

まるでナンパのようだが、結衣はクレープを食べつつ我関せずだ。

おどおどするばかりの小雪に、巽は両手を合わせて懇願する。

「だから、もしよかったら明日にでも――」

「ダメだ」

それを、直哉がばっさりと切り捨てた。

きょとんとする小雪のかわりに、巽を真っ向から睨みつける。

「絶対にダメだ。おまえは白金さんに近付くな」

「……へえー？」

巽は口元に薄い笑みを浮かべるだけだった。先ほどまでのしつこさが嘘《うそ》のように、ぴたりと口をつぐんでニヤニヤする。

そんななか、小雪がおずおずと小首をかしげてみせた。

「急にどうしたの、笹原くん。なんだか怒ってる?」

「へ?　いや別に怒ってるわけじゃないけど……」

言われて初めて、自分の態度がおかしいことに気付いた。

直哉は首をひねりつつ、残りのクレープをちびちびとかじる。

「なんか俺、さっきから変なんだよな……」

「変って、何が?」

「いや……結衣にクレープを食べさせてもなんとも思わなかったのに、白金さんにはドキドキしてさ」

「へ?」

「巽が白金さんに馴れ馴れしくてムカムカしたり……なんなんだろな、これ」

「それってひょっとして……」

小雪はごくりと喉を鳴らし、気遣わしげに直哉の顔をのぞきこむ。

「笹原くん、風邪でも引いたんじゃない?　ほら、風邪のときは胃の調子も悪くなるし」

「ああ、そうかも……帰ったら熱を測ってみるわ」

「なんでそうなるんだよ⁉」

そこで巽が大声でツッコミを叫んだ。

わなわな震えてから、頭を抱えてがっくりとうなだれてしまう。

「マジかよ、こいつ……ここまでお膳立《ぜんだ》てされて察せないとか手強《てごわ》すぎるだろ」

「うんうん、仕方ないよ。直哉はほんと自分のことに関してはポンコツだからさ」

「はあ？　なんだよ、おまえらは」

巽の肩を励ますように叩く結衣。

そんな幼馴染みふたりに、直哉は怪訝な眼差《まなざ》しを向けるしかない。

結衣は苦笑して、子供に諭すような声で言う。

「他の女の子はどうでもよくて、白金さんに近付く男が気に食わないんでしょ？　それってもう理由はひとつしかないじゃん」

「理由って、風邪以外に何が………あ」

そこで直哉もようやくはたと気付く。

ふたりの不審な行動の理由も、直哉に何を気付かせたかったのかも。

「まさか……これが、答えなのか？」

「そういうことだよねー」

「気付くのが遅いんだよ、バカ」

「なんの話……？」

四人の中でただひとり、小雪だけが理解できなくて眉をひそめていた。

そんな彼女に向き直って、直哉は真面目な顔で告げる。

「白金さん、これは風邪の症状じゃないんだ」

「じゃあなんの病気なの？」

「あえて言うなら……恋の病かな？」

「へえ、そうなの…………って、はい⁉」

さらっと流しかけた小雪が、裏返った声を上げる。

しかし直哉はおかまいなしでその手をそっと握った。指先は火傷《やけど》しそうなほどに熱く、小雪の顔もかつてないほど真っ赤に染まる。

今にもぶっ倒れそうな彼女に、直哉はまっすぐ続ける。

「実を言うと、ずっと悩んでたんだ。白金さんのことはたしかに好きだけど、それがどんな種類の『好き』かがわからなくて……でも、ようやく結論が出た」

ここまで状況証拠が出揃《でそろ》えば、いかに恋愛経験が乏しくても理解できる。

つまり直哉は小雪のことを――。

「俺はきみのことが、恋愛感情的な意味で好きなんだ！　間違いない！」

「人前でいったい何を言い出すわけ⁉」

静かな店内に小雪の悲鳴が響き渡った。

おかげで他の客や店員たちがギョッとした顔で振り返る。目の前の巽も冷ややかな目をこちらへ送っていた。

「ゼロか百かしかないのかよ、おまえは」

「いやいや、恋は盲目って言うからねー」

結衣がニヤニヤと相槌を打つが、直哉はかまう余裕がなかった。

もっと大事な話をする必要があったからだ。

「白金さん、さっき言ってたよな。俺を落としてみせるって」

「へっ？　い、言った……けど、なに……？」

「で、俺を落として……俺の方から告白させるとも言ったよな」

「……………まさか⁉」

「うん。そのまさかだよ」

顔を引きつらせる小雪に直哉は深くうなずく。

彼女の望みを叶《かな》えるべく、口を開くのだが――。

「白金さん！　俺と付き合っ……って、白金さん⁉」

「急に言われてもそんなのこま……きゃうっ⁉」

直哉がみなまで言う前に小雪はその場から逃げ出して、数メートルも走ることなくべちゃっと盛大に転んでしまった。

「うう……じ、自分で歩けるって言ってるのに……」

「いや、もとはといえばこれは俺が悪いから」

夕暮れの住宅街のなか、直哉は慎重に歩みを進める。

その背中では小雪が小さく縮こまっていた。

学校に戻って保険医に見せたところ、軽い捻挫と言われたが……一日安静にするよう言われたため、こうして送迎を買って出たのだ。

最初は抵抗していた小雪だが、道中ですっかり諦《あきら》めてしまったらしい。

首に回された腕には遠慮が見えるものの、大人しくしてくれているので運びやすい。

ちなみに、巽や結衣とはクレープ屋で別れていた。どちらも小雪のことを心配していたが、後のことは直哉に任せてくれたのだ。

『白金さんのペースも、ちょっとは考えてあげるんだよー』

『……うっす』

最後にそんなふうに釘を刺してきた結衣の笑顔が脳裏《のうり》を過ぎる。

しばし歩いてから、直哉は改めて謝罪の言葉を口にした。

「えっと……さっきはごめん。ちょっと先走りすぎちゃった」

「まったくよ。しばらくあのお店に行けないじゃない」

小雪は拗《す》ねたように鼻を鳴らす。

直哉の背中でもぞもぞしてから、小声で問いかけることには——。

「でも……さっき言ってたこと、本気なの？」

「うん。俺は白金さんのことが恋愛的な意味で好きだ」

「ぐうっ……な、なんでそんなことをあっさり言えるんだか……」

小雪はもごもごと口籠《ご》もる。

背負って密着しているせいで、速くなった心臓の鼓動だとか、乱れた息遣いだとかがダイレクトに伝わった。おかげで直哉もドギマギしそうになるのだが……小雪がぽつりと続けた言葉に、目を丸くすることになる。

「でもそれって……ほんとに、ほんとなの？」

「へ？」

「だって私たち、知り合ってまだ間もないじゃない。勘違いとか、冗談とか……ほんとは、そんなのじゃないの」

その声はかすかに震えていて、今にも消え入りそうなほどだった。

背負っているから表情はうかがえない。それでも直哉には、くしゃっと歪《ゆが》んだ小雪の顔が目に浮かぶようだった。

「だから、信じてみたいけど……信じられない。ごめんなさい」

「……そっか」

直哉は軽い調子で言ってみせる。

本当は少しだけショックだったが……小雪の言うことも一理あるとわかったからだ。

（まあたしかに……これだけ早く告白しちゃうと、逆に不安にさせちゃうよなあ）

ただでさえ小雪は対人関係に臆病《おくびょう》な方だ。

急になんの前触れもなくあんなことを言っては、警戒するのもやむを得まい。餌付けしていた野良猫《のらねこ》を無理矢理撫でて、信頼関係がゼロに戻ったような状態なのだろう。

だから直哉は静かに答えるのだ。

「もちろんほんとに好きだよ。だから、そうだな……これからじっくり伝えていくから。本当だって信じてもらえるまで」

「……ふん、勝手にどうぞ。ほんとに物好きな人ね」

憎まれ口の合間に、小雪が鼻をすすったのには気付かないふりをしておいた。

信じてみたいけど、信じられない。

その言葉は間違いなく本心で、小雪も葛藤している最中なのだろう。

（うん、焦《あせ》る必要はないもんな。俺はちゃんと気付けたことだし、ゆっくりやっていけばいいんだよ）

感情の正体に気付くという、第一段階はクリアした。勝負はここからだ。

直哉はさっぱりと笑ってから、冗談めかした調子で続ける。

「でも、いつか必ず『伝わった！』って思ったときに告白するから。だからそれまでに返事を考えといてもらえると助かるかな」

「うぐっ……に、荷が重い……ちなみに、もしそこで私が断ったらどうするつもり？」

「もちろん何度でも告白し直すけど？」

「ああ、うん……そう言うと思った……あなたってばそういう人よね……うん」

小雪はげんなりしたようにため息をこぼす。

心底呆れた……とでも言いたげだが、そわそわしているのが丸わかりだ。

楽しみ半分、怖さ半分といったところか。

つんっと澄ました調子で、上擦った声で言う。

「でも、そういうことなら……考えてあげなくもないから。善処なさい」

「そっか、ありがと。全力で告白の台詞を練っとくな」

「全力はやめて。ほどほどにして。身がもたないから」

「でもこういうのって最初が肝心だって言うだろ？　ところで俺、古本屋でバイトしてるんだけど。給料三ヶ月分の指輪とか欲しかったりする？」

「スタートラインをぶっちぎってゴールしようとしてない⁉　まだいらないわよ！」

「そっか、『まだいらない』かー。それは残念だなあ」

つまり『ゆくゆくは欲しい』と言っているようなもので。

小雪が失言に気付いていないのをいいことに、直哉はにやにやと笑みを噛《か》み殺《ころ》す。

そうこうしているうちに、住宅街の奥まったところまで入り込んでいた。ますます閑静な一角で、小雪が「ストップ」と声をかける。

立ち止まった目の前に建っていたのは、高い塀に囲まれた庭付きの洋風建築だ。

「ここが白金さんの家……？　ずいぶん大きいな」

「そんなことないでしょ、ふつーよ」

小雪はそう言ったものの、どう見ても豪邸としか言えない外観だったし、玄関扉を開けば天井《てんじょう》の高いホールがお出迎えしてくれた。壁に掛けられた絵画も見るからに高そうだ。

玄関先で小雪を下すと、視線をさまよわせてもじもじする。

「えっと、送ってくれてありがと………上がってく？」

「いや、今日はやめとくよ」

「そ、そう」

ホッとしたような、残念そうな、そんな複雑な面持ちだった。

好きな女の子から家に誘われる。

男としては憧《あこが》れのシチュエーションだが、直哉は申し出を受けるわけにはいかなかった。

「だって今日はご両親がいないんだろ。そこに上がり込むのはさすがに悪いって。今度ちゃんと手土産を持って、しっかり挨拶《あいさつ》に来るからさ」

「なんで両親不在なのがわかったのかとか、挨拶って何とか、いろいろ言いたいことはあるけどスルーするわね……」

小雪は渋い顔でかぶりを振る。

いちいちツッコミを入れていてはキリがないと学習したらしい。

ため息をこぼしつつ——ほんのり頬《ほお》を桜色に染めて、上目遣いに言う。

「でもそうね、今日はもう遅いし……また今度、っていうことで」

「うん。そのときはよろしく。それじゃお大事にー」

「あっ、待って」

踵《きびす》を返そうとする直哉のことを、小雪が慌てて呼び止める。

なにかと思って首をかしげていると、彼女は鞄をごそごそと漁《あさ》って一冊のノートを取り出した。

「これ。いらないかもしれないけど……一応」

「……なに、このノート?」

「数学の小テストで補習だったんでしょ。だからその……私なりに、今の範囲をわかりやすくまとめてみたの」

「マジで⁉」

ノートを受け取り開いてみると、そこにはびっしりと公式などが書き込まれていた。重要な箇所には色付きのペンで下線が引かれ、計算の仕方なども細かく順を追って提示されている。

参考書など目じゃないほどに丁寧な解説だ。それが十ページほどにわたって続いていたものだから、直哉はおもわず言葉を失ってしまう。

その反応をどう取ったのか、小雪は気まずそうにうつむいた。

「よ、余計なお世話だったかもしれないけど、こういうところでつまずくと後が大変なんだから。帰り際に渡そうと思ってたんだけど、クレープ屋に行ったから忘れてて……って、なによ、その顔は」

「いや、その……」

訝《いぶか》しげな小雪に、直哉はかすれた声をこぼす。

口元に当てた手だけでは、どうやらニヤつきを隠しきれなかったらしい。

ごくりと生唾《なまつば》を飲み込んでから、ゆるみきった顔で一応確認をとってみる。

「やっぱり……ここで告白しちゃダメかな？」

「なんでそうなるの⁉　さっき頃合《ころあ》いを見てからって言ったじゃない！」

「だってもう、好きすぎるから……」

恥ずかしげもなく口にする直哉だった。

これで好感度が上がらない方がどうかしている。

そういえば校門で会ったとき、図書館で勉強していたと言っていた。きっとその間にノートをまとめてくれたのだろう。それも全部、直哉のためで――。

「もうそんなのお嫁さんじゃん。ほんと、そういうところが可愛――うぷっ⁉」

「うるさい！　もう！　早く帰りなさいよ！」

ばしっと顔面にノートを投げつけられて、直哉は白金邸から叩き出された。

背後で勢いよく扉が閉まり、それと同時に携帯へメッセージが入る。

もちろん小雪からで、文面はいたってシンプル。

『わからないことがあったらきいてね。またね』

どうやら漢字に変換する時間も惜しかったらしい。

その文面とノートを交互に見つめて、直哉は天を仰《あお》ぐ。

「あー……これはやっぱ友情じゃない。間違いなく恋だわ」

むしろ今となっては、なぜ確信を持てなかったのかが不思議だった。

自覚したが最後、好きだという気持ちが溢れてきて止まらない。口元に浮かんだニヤニヤは当分消えそうにないだろう。

「これはマジで気を抜くとすぐに告白しちゃうな……白金さんに伝わるまで待たなきゃいけな

いのに……困ったなあ」

惣気《のろけ》全開の独り言をこぼしながら、直哉は帰路につく。

空は夕焼けを通り越し、藍色へと染まりつつあった。

物悲しいはずの薄暗い路地だが足取りはひどく軽い。そのまま上機嫌で数歩進んだところで——。

「っ……⁉」

直哉はぴたりと足を止めた。

その場で素早く振り返ってあたりをうかがうが、人影は直哉だけである。

それでも先ほどの一瞬、たしかにまとわりつくような視線が首筋へと注《そそ》がれた。その視線が送られたのは……間違いなく白金邸の方角からだった。

「気のせい……じゃないよな」

直哉は首を捻りつつも、足早にそこから立ち去った。

その視線の正体が判明するのは数日後。

直哉の靴箱に、一通の手紙が置かれていたことから始まった。

四章　審査員付き初デート

その日の朝、自分の靴箱をのぞくと、見慣れないものが入っていた。

「なんだこれ……手紙？」

「なんですって⁉」

直哉《なおや》がそれを取り出すと、隣で小雪《こゆき》が悲鳴を上げた。

一通の手紙である。白い便箋にハートのシールで封がされており、差出人は不明。『笹原《ささはら》先輩へ』と書かれた筆跡はやや固いものの、女子が書いたものだろうとわかる。

お手本のようなラブレターだ。

直哉は「ふむ」と顎《あご》をひと撫《な》でしてから、その手紙を開封する。

中身はたった一枚の便箋だった。書かれているのも数行程度。

『笹原先輩へ。ずっと好きでした。返事を聞かせてほしいので、放課後に屋上で待っています』……か」

「う、うわ……ほんとにあるのね、こういうの」

小雪は目を丸くしてラブレターを凝視する。

しかし、すぐにむすっとした顔で直哉を睨《にら》むのだ。

「ふん。あなたみたいな変人に好意を寄せるなんて、物好きな人もいたものね。で、どうするのよ。行くつもり？」

「まあ、呼ばれたからには」

「……あっ、そ」

小雪はぷいっと顔を背《そむ》けてしまう。

そのまま爪先あたりに視線を落として、苛立《いらだ》ちを隠そうともせずに唇を尖《とが》らせた。

「このまえ私のことが好きとかどうとか言ってたくせに、そういう手紙が来たらすぐ心変わりしちゃうのね。ふーん。そう。笹原くんってもっと誠実な人かと思ってたのにガッカリだわ。まあ別に？　私にはなんの関係もないし。その子とせいぜい、し、幸せに、なったら……いいんじゃないの」

言葉をつむぐごとに、その声は震え始める。

深く俯《うつむ》いているせいで顔はよく見えない。だがそこから涙がこぼれ落ちるのは時間の問題だと思われた。

だから直哉は慌てて付け加えるのだ。

「いやいや、話を勝手に進めないでくれよ！　行くには行くけど、もちろん断るためだからな⁉」

「ふんだ。そうよね、当然断って………って、断るの⁉　なんで⁉」

「なんでって……そりゃそうだろ」

　直哉は肩をすくめてみせる。

　一方、小雪は目をまん丸に見開いて、わけがわからないとでも言いたげだが、直哉からしてみればその反応は心外だった。小雪の肩に手を置いて、ゆっくりと語る。

「俺《おれ》が好きなのは白金《しろがね》さんだから。そうそう他の子になびくことはないから安心してほしいな」

「で、でも……可愛《かわい》い子かもしれないじゃない。私と違って素直で、可愛げがあって、面倒臭くもない子とかだったら、さすがに好きになるんじゃないの……？」

「え、俺にとっては白金さんも素直で可愛い女の子だけど？　それにもしも白金さん以上に可愛い子がいたとしても、付き合うとか考えられないかなあ」

「……なんで？」

「だって心臓が持たないから。今でも毎日かなりドキドキさせられてるのにさ」

「…………ふんっ、口ではなんとでも言えるわね」

　小雪はつんと澄ました顔で髪をかきあげる。

　そのまま直哉の鼻先にびしっと人差し指を突きつけて――。

「でも、その心がけは感心よ。ちゃんとあなたの相手をしてくれる女の子なんて、心優しい私くらいのものなの。目移りするなんて生意気なこと、絶対に許さないんだから」

「もちろん。浮気《うわき》はしないって約束するよ」

直哉はにこやかにうなずいてみせた。

小雪の頬《ほお》はほんのり桜色に染まっていて、直哉の言葉を信じてくれたのがわかったからだ。おかげでほっと胸を撫で下ろす。

（これが『可愛い嫉妬《しっと》』ってやつだよな。なんかいいな、これ……）

不機嫌はそっくりそのまま好意の表れだ。

それがしみじみとわかるからこそ、直哉はにこにこしてしまう。現場が校舎玄関の靴箱なものだから、周囲から他の生徒たちの視線が数多く突き刺さるが、一切《いっさい》気にならなかった。

「直哉たち、今日も朝からすごいよねえ……」

「見ない方がいいぞ、バカが感染《うつ》る」

なかには巽《たつみ》や結衣《ゆい》もいて、ふたりを遠巻きに見守っていた。

校内屈指のバカップルとして名を馳《は》せる日も近そうだ。小雪は周囲の視線にはまったく気付いていないようで、直哉の持つラブレターを見て眉《まゆ》をひそめてみせる。

「でも断るなら断るでいいけど、ちゃんと言葉を選ぶのよ。あなたってばデリカシーがないんだもの。『笹原先輩』って書いてるから一年生の子でしょ。くれぐれも傷つけないようにね」

「うーん……ほんとに告白されるのなら俺も気をつけるんだけど」

直哉は少しため息をこぼし、件《くだん》の手紙をためつすがめつする。

どこからどう見ても、健気《けなげ》な女の子がしたためた一通だ。

だがしかし――直哉にとっては違和感しかない代物だった。

「たぶんこれ、ラブレターなんかじゃないんだよなあ……」

「はあ？　これがラブレターじゃなかったらなんだっていうのよ」

きょとんと首をかしげる小雪に、直哉はあいまいに笑っておいた。

とりあえず放課後、差出人の真意を見極《みきわ》めようと思いながら。


大月学園はかなり自由な校風だ。

クラブや同好会は星の数ほどあるし、特別教室も申請すれば誰《だれ》でも気軽に使うことができる。

そのため放課後は学校中のあちこちで生徒の笑い声が響く。

市街を見渡せる校舎屋上も人気のスポットだ。いつもは賑《にぎ》やかな場所ではあるものの……

直哉がドアを開けたとき、そこにはひとりの生徒しかいなかった。

「えっと、手紙をくれたのは君かな？」

「あっ……は、はい。そうです」

直哉に気付き、彼女は小さく頭を下げてみせた。

小柄な女子生徒だ。

制服の上にパーカーを羽織《はお》っていて、フードを目深《まぶか》に被っている。おまけにうつむき加減でいるせいで、ほとんど顔が見えなかった。

その声も背格好も直哉にはまるで覚えがない。ひょっとしたら廊下ですれ違ったことくらいはあるかもしれないが、間違いなく初対面だと断言できた。

「そ、その……来てくださってありがとうございます。えっと私、笹原先輩に言いたいことが、あるんです……」

女子生徒は両手をぎゅうっと胸の前で握って、おどおどと言葉をつむぐ。

緊張で今にも倒れそうに見える。

その様子はひどくいじましく、大半の男はそれだけでぐらっときてしまうことだろう。しかし直哉は余計な口を挟むことなく、彼女の言葉をじっと待った。

やがて女子生徒はぐっと息を呑《の》んでから、勇気を振り絞るようにして口を開いた。

そうして飛び出すのはひどくまっすぐな告白の台詞で――。

「好きです、ひと目惚《ぼ》れなんです！　もしよかったら……私と、お付き合いしてくださ
い……！」

「うん。ありがとう」

それに直哉は朗らかに返した。

だがしかし、すぐにかぶりを振って苦笑する。

「でもごめん。本命がいるんだ。きみとは付き合えない」

「そ、そんな……！　本命ってどんな人ですか……？　私、頑張ってその人よりも先輩に尽く

してみせます！」

「いや、それ以前の問題だって」

悲痛な声を上げる彼女に、直哉はゆるゆるとかぶりを振る。

好意を寄せてくれる女の子を振るのは、かなり胸が痛むものだ。こんなことはこれまでに何度もあったし、その度直哉は覚悟を持って振ってきた。

しかし、今回はそんな心苦しさを覚えることはまったくなかった。なぜならば――。

「きみ、そもそも俺のこと好きでもなんでもないよな？」

「えっ……？」

「むしろどっちかというと『嫌い』な部類だ。そうだろ？」

「………」

女子生徒は胸の前で指を組んだまま、じっと黙り込んでしまう。

ふたりが沈黙したせいで、地表のグラウンドで部活に励む生徒たちの声がはっきりと届く。

少し冷たい風が吹き抜けて……女子生徒は組んでいた指をそっとほどき、小さく首をかしげてみせた。

「どうしてわかったの？」

それは、ひどく平坦《へいたん》な声だった。

先ほどまでの『恋する少女』は跡形もないほどの変貌である。

だがしかし直哉は驚くこともなく、あっけらかんと言ってのけた。

「うーん、そうだなあ。手紙の筆跡を見ただけでピンときたかな？」

目は口ほどに物を言う……とはよく言うが、直筆《じきひつ》の文字もそれなりに書き手のことを教えてくれる。どんな人が、どんな心境で書いたものなのか。

直哉がラブレターの文字から読み取ったのは、ひどく明確な敵意だった。

「で、実際に会って確信した。きみは俺のことなんて好きでもなんでもない。単に試したかっただけだ」

「そのとおり」

女子生徒は悪びれることもなく、あっさりとうなずいた。

そのまま顎に手を当てて、フードの下から値踏みするような視線を送ってくる。

「聞いていたとおりの洞察力だった。突然のラブレターにも動じず対処するのはさすがの一言。ひとまずは合格点ね」

「はあ……とりあえず先にひとつ聞かせてほしいんだけど」

「なに？」

「ひょっとしてきみは白金さんの――」

「朔夜《さくや》⁉」

そこで屋上の扉が勢いよく開かれた。

現れるのはもちろん小雪である。目をまん丸に見開いて、女子生徒を凝視している。

そんな彼女に、直哉は苦笑を向けるしかない。

「あー、やっぱ気になって見に来ちゃったか。ちゃんと断るって言ったのに」

「はあ⁉　あなたが相手の子を泣かさないか監視しに来ただけだし！　そ、それよりも……」

小雪はわなわなと震え、人差し指を女子生徒へ突きつけた。

「ラブレターの送り主って……朔夜だったの⁉」

「うん」

女子生徒はおもむろにフードを上げる。

その下から現れたのは、小雪によく似た面立ちだった。

銀の髪を肩のあたりで切り揃《そろ》え、細いフレームの眼鏡《めがね》をかけている。レンズの奥からは冷めた眼差《まなざ》しがのぞき、表情らしい表情は一切浮かんでいなかった。

その顔を見て、直哉は「おお」と小さく声を上げる。

「あ、やっぱり白金さんの妹さん？　お姉さんに似て美人だなあ」

「うん。よく言われる」

女子生徒――朔夜は淡々と応《こた》えてみせる。

やはり表情はぴくりとも動かないし、声もひどく平板なものだ。

屋上で彼女の姿をひと目見たときからその正体には察しがついていた。

小雪に妹がいることは聞いていたし、背格好も声もよく似ている。

だから直哉はその顔を見ても特に驚きもしなかったのだが……隣で、小雪はあんぐりと口を開いたまま固まるばかりだった。

一方、朔夜はぺこりと頭を下げてみせる。

「はじめまして、笹原先輩。私の名前は白金朔夜。白金小雪の妹。以後よろしく」

「はあ、よろしく。それで、さっきの話の続きなんだけど――」

朔夜は先ほど、合格点がどうこうと言っていた。

気になるその言葉の意味を問いただそうとするのだが……。

「ぜ……絶対ダメなんだからねっ⁉」

「うわっ⁉」

そこで小雪が裏返った声を上げ、直哉の右腕にしがみついた。

ぎゅうぎゅうと力任せに抱きつくせいで、たわわな胸の間に腕が挟まれる形になる。さすがの直哉もこれには心臓が大きく跳ねた。

ドギマギするこちらにはおかまいなしで、小雪は朔夜を見据えたまま、震えた声で諭し始める。

「悪いことは言わないわ。笹原くんだけはやめておきなさい、朔夜。こんなデリカシーの欠片《かけら》もなくて扱いづらい人、好きになったら間違いなく苦労するんだから。考え直した方がいいわよ」

「ガチめの忠告じゃん……」

今来たばかりなのか、直哉たちの話をちゃんと聞いていなかったらしい。

だから朔夜に直哉を取られると思って慌てている……というのはわかるのだが、台詞《せりふ》のすべては誇張のない本音だった。

嫉妬半分、妹を心配する姉心半分、といったところだろう。

嫉妬は七割くらい欲しかった。

いっぱいいっぱいの小雪に、朔夜はゆるゆるとかぶりを振ってみせる。

「大丈夫。笹原先輩に恋愛感情は一切ない。そもそもどんな人かもよく知らないし」

「はあ……？　じゃあなんでラブレターなんて出したのよ」

「簡単な話」

朔夜はじっ……と直哉のことを見つめる。

相変わらずの無表情。眼鏡のレンズの奥から覗《のぞ》くその瞳《ひとみ》も、凪《な》いだ海のように静かなものだ。

だがそれと同時に針で刺すような警戒心が伝わってくる。朔夜は静かに犯行の動機を告白した。

「私はただ単に、お姉ちゃんが好きな人を見てみたかっただけ。騙《だま》し討《う》ちみたいなことをしたことは謝る。ごめんなさい」

「いや大丈夫だって。あの手紙が果たし状だってのは見ればわかったし」

「な、なんだ、そうだったの……って、違う！」

小雪はほっとしたように胸を撫で下ろす。

しかしすぐにハッとして咳払《せきばら》い。直哉の右手を解放してから、取り繕うように髪をかきあげて、ふんっと鼻を鳴らすのだ。

「朔夜はなにか勘違いをしてるようだけど、笹原くんはただのお友達なの。私が好きとかどうとか、そんなことはありえないから」

「えっ。あんなに毎日、私やすなぎもに笹原先輩のことを話してるのに好きじゃないの？」

「すなぎもって白金さん家の飼い猫だっけ。あの真っ白な」

「そう。このところ毎日お姉ちゃんに抱っこされながら『髪型を褒めてもらえた』だの『横顔がカッコいい』だのって惚気話《のろけばなし》を聞かされて迷惑そうにしている」

「そんなことないし！　すなぎもはいっつも喜んで聞いてくれるわよ！」

真っ赤《まっか》になって叫ぶ小雪だった。

飼い猫に惚気を聞かせているのは本当らしい。

今日は身内がいて気がゆるむのか、いつもよりボロを出すのがスピーディだ。

いったい家でどんな惚気話をしているのか非常に気になったものの……直哉はひとまず朔夜に話を聞くことにする。

「白金さんが話す男がどんなのか見てみたかった、っていうのはわかった。で……朔夜ちゃんとしてはどうだった？」

「いまのところ及第点」

朔夜は簡潔に言ってのけた。

「ぽっと出の後輩ヒロインとフラグが立っても、メインヒロインを優先する心意気は良し。ラブコメによくある日和見鈍感主人公とは一線を画す逸材。そこはちゃんと評価したい」

「そう言ってもらえるのは嬉《うれ》しいけど、なんか漫画の新人賞コメントみたいだな……」

しかし朔夜の目は鋭いままだ。彼女は淡々と続ける。

「ところで笹原先輩、お姉ちゃんのことどう思う？」

「へ？　どうって……可愛いし、見ていて面白《おもしろ》い……かな？」

「わかる。お姉ちゃんは可愛い。そこは私も解釈が一致する」

「えっ、そ、そう？　ふふん、ふたりとも見る目があるじゃない」

小雪は得意げに胸を張る。

しかし朔夜はそんな姉に一瞥《いちべつ》をくれてから、ゆっくりとかぶりを振ってみせた。

「でも、お姉ちゃんの可愛さがわかるなら理解できるはず。お姉ちゃんは可愛いけど……絶望的にチョロい」

「わかる……」

「失礼ね⁉」

キレのいいツッコミが飛ぶが、直哉はしみじみと噛《か》みしめる。そのついで、野生の虎《とら》のように牙《きば》を剝《む》く小雪に向かって、ふんわりと笑いかけた。

「ああ、ごめんごめん。チョロいってのは言いすぎかな。白金さん、純粋なところがあるだろ？　人の言うことそのまま受け取って一喜一憂したり。変に擦れてなくて美徳だなあって言いたいんだ」

「そ、そうなの？　そういうことならまあ……許してあげなくもないわね」

「お姉ちゃん、そういうところ」

満更《まんざら》でもなさそうな小雪に、朔夜はジト目を向ける。

そのまま小さくため息をこぼして、同じような目で直哉を見やった。

「私はかねがね危惧《きぐ》していたの。今のところお姉ちゃんは毒舌クールキャラで通っているけれど……いつかそのチョロさに気付いた、悪い男に騙されるんじゃないかって」

「辛辣《しんらつ》だけどしっかりした目を持つ妹さんだなあ……」

つまり朔夜は直哉のことを『悪い男』ではないかと勘ぐっていたのだ。

あまりに的確な読みに、弁明より先にしみじみしてしまう。

「朔夜も笹原くんも、そんな目で私のことを見てたわけ……？」

小雪は不服そうにぶすっとするが、ふたりとも特に取り合うこともなかった。

「及第点って言ってたけど……つまり、まだ俺を完全に信用する気はないってこと？」

「そのとおり」

朔夜は力強くうなずく。

直哉を見つめるその目は相変わらず静かなものだが、たしかな強い意志が読み取れた。

「お姉ちゃんはあなたのことが好き。だったらあなたはどうなの？　もしも半端《はんぱ》な気持ちで弄《もてあそ》ぶつもりなら……私はあなたのことを許さない。全力で排除させてもらう」

「ちょっ、朔夜……！　急になにを言い出すのよ！」

小雪は慌てる一方だ。

だが朔夜は動じることもなく、直哉を見つめたままだった。

（この子は……白金さんのことがよっぽど大事なんだな）

それこそ一朝一夕では生まれないような強い感情だ。まだ知り合って一ヶ月も経《た》っていない直哉では、太刀打《たちう》ちできないと尻込《しりご》みしてしまいそうになるほどに。

だがしかし、直哉はここで引くわけにはいかなかった。

「朔夜ちゃんの主張はわかった。それじゃ、俺からも言わせてほしい」

「なに？」

「俺は……白金さんが好きだ！」

「ひえっ……!?」

小雪は大きく息を吞み、朔夜はわずかに目を丸くする。

キャラクターは正反対だが、そんなところはよく似ていた。それぞれの反応を示す姉妹《しまい》に、直哉はまっすぐ語りかける。

「俺は白金さんの、全部が好きだ。素直になれないところも、それに悩んじゃうところも、ちょっと……いや、だいぶズレちゃってるところとかも」

口にすると、思いはますます膨れ上がる。

直哉は小雪が好きだ。

つい先日気付いたばかりの感情だが、これらなにがあっても変わらないと断言できた。

朔夜を見据えたまま堂々と宣言する。

「だから俺は、いくら朔夜ちゃんが邪魔しようと白金さんを諦《あきら》めない。真っ向から受けて立つよ」

「ふうん、そう。だったら……うん」

朔夜は淡々と応えてみせる。表情こそ変わらないが、その目に強い光が宿った。

しばし考え込んでから、彼女は続ける。

「そこまで言うのなら、チャンスをあげる」

「チャンス?」

「そう。私に覚悟を示してもらう」

朔夜はびしっと直哉に人差し指を突きつける。

宣戦布告とばかりに提示されるチャンスとは——。

「お姉ちゃんと一日デートして。それで私がお似合いだと思ったら、認めてあげる」

「で、デートぉ⁉」

裏返った悲鳴は、もちろん小雪のものだった。


そしてその週の日曜日。

雲ひとつない晴天のもと、待ち合わせ場所のショッピングモール前で待っていると――。

「来たよ」

「うわっ⁉」

突然背後から声がかかって、直哉は飛び上がることになった。

うるさく鳴り響く心臓を抑えて振り返ると、そこに立っていたのは朔夜だ。

「びっくりした……朔夜ちゃんか。気配殺して近付くのやめてくれよ」

「ごめんなさい。癖《くせ》になってるの、足音消して歩くの」

「どこの殺し屋だよ。それにしても……なんで休みの日なのに制服？」

「私は今日、審判だから」

さも当然とばかりに、胸を張って言う朔夜だった。

学校で会ったときと変わらず、制服の上にパーカーを羽織ったスタイルだ。眼鏡をキランと光らせて、直哉のことを検分するかのようにじろじろと見つめてくる。

「清潔感のある服装。待ち合わせ時間より早く来ているのもポイントが高い。まずは合格点といったところ」

「お褒めに預かり光栄だよ。それより今日の主役の白金さんは？」

「お姉ちゃんは土壇場で怖《お》じ気付いて固まってる」

「あー、予想通りか」

直哉はあたりをキョロキョロと見回す。

休日ということもあって、ショッピングモールは客が多い。ここは家族の憩いの場としてだけでなく、映画館やゲームセンターなどを併設しているためにデートスポットとしても有名だ。親子連れや学生たちで賑わう中、ベンチの裏側にうずくまる人影が見えた。

直哉はそこまで軽い足取りで迎えに行く。ひょいっと覗けば、やはりというかなんというか、小雪が小さくなってぶるぶると震えていた。

「無理無理無理むり無理ムリ……！　で、デートとかそんな、無理に決まってるじゃない……！心の準備ができな――」

「白金さん、おはよ」

「ひゃうっ⁉」

声をかけると、小雪の肩がびくりと跳ねて凍りつく。

しかしすぐにすっと立ち上がり、涼やかな笑みを浮かべてみせるのだが――。

「あ、あら、笹原くん、もう来ていたのね。待ち合わせの時間にはまだ早いはずだけど……そんなに私とデートできるのが嬉しかったの？　ふふふ、まるで飼い主の帰りを待つ犬みたい。いじらしいことね」

「うん。めちゃくちゃ嬉しいワン」

「ぐっ……！　ま、真顔で言うんじゃないわよ！」

結局、顔を真っ赤に染めて、しどろもどろになってしまうのだった。

そんな小雪のことを、直哉は頭の先から爪先まで、じーっと見つめて顎を撫でる。

「それにしても白金さん……やっぱ私服だと印象が変わるな」

「えっ、そ、そう……？」

不安そうに目を瞬かせて、小雪はもじもじとする。

その身にまとうのは清楚《せいそ》な私服だ。

白いブラウスに、青い膝《ひざ》丈スカート。

シンプルな出《い》で立ちだが、ぴんと背筋を伸ばした彼女によく似合っていた。髪にもリボンが巻かれているし、耳には小さなイヤリングが光る。

私服を見るのは初めてだし、いつも以上におめかししているのがひと目でわかった。

「すっごく似合ってる。やっぱり白金さんはセンスいいなあ」

「はあ……？　こんなの普通でしょ。休日に女子とお出かけしたこともないのかしら。非モテさんはこれだから嫌ね」

小雪はつーんと澄ました顔で毒を吐く。

よく手入れした髪を人差し指でくるくるしたり、爪先《つまさき》で地面をとんとんしたり。あからさまに浮き立っているのが見て取れた。おしゃれを褒めてもらえて嬉しいらしい。

そういうわかりやすいところも可愛いなあ、と思えるし――。

「うん。すごく可愛い。いつもより大人っぽいって言うのかな、新鮮ですごくいいと思うよ」

「えっ……そ、それは言い過ぎなんじゃ……」

「そんなことないって、モデルさんみたいだ。こんな可愛い子と丸一日デートできるなんて光栄だなあ。今日はよろしく、白金さん。全力でエスコートさせてもらうから」

「うぐっ、う、ううう……！」

小雪はぷるぷる震えてうつむいてしまう。

しかしすぐにバッと踵《きびす》を返して逃げようとするので、直哉は慌ててその手をつかんで引き留めた。

「こらこら、どこに行くんだよ」

「帰るの！　私無理！　こんなの無理！」

「無理って……まだデートも何も始まってもないだろ」

「始まらなくていいの！　これ以上は身が持たないわよ！」

小雪は涙目で直哉を睨みつけ、悲痛な声で叫ぶ。

デートだというのに、まるで捕虜になったかのような反応だ。

「そもそもなんで、私たちがデ……デートすることになったわけ⁉」

「私がジャッジを下すため」

いっぱいいっぱいな姉へ、朔夜が平板な声で応える。

「お姉ちゃんと笹原先輩がお似合いかどうか、ちゃんと見て判断したい。そのためにも恋人らしいイベントは必須」

「ほら、こういうのってちゃんとご家族に認めてもらうのがベストだろ？　つべこべ言わずにデートしような」

「ご家族以前に、私がまずこの状況を認めてないんですけど⁉」

平然としたふたりに反して、小雪はますます悲鳴を上げる。

しかし大声を出しすぎて疲れたのか、すぐにぐったりと肩を落としてしまう。

「うう……ほんとになんで私がこんな目にあうのよ……」

「なんでって、お姉ちゃんが『デートする』って言ったから」

「だよな。ま、俺と朔夜ちゃんがふたりがかりで説得したせいなんだけど」

「ずるい！　朔夜と笹原くんが相手じゃ、私なんて一瞬で丸め込まれるに決まってるじゃない！」

最初は消極的だった小雪だが、ふたりに『怖くないよ』だの『みんなやってることだから』と説得されて、あっさりデートを了承したのだ。本当にチョロかった。

朔夜はやれやれと芝居がかった調子で肩をすくめてみせる。

「お姉ちゃんはマルチとか変な宗教に引っかかりそうで心配。気をつけた方がいいと思う」

「そこは安心してほしいな、朔夜ちゃん。俺がちゃんと目を光らせておくからさ」

「任せるとはまだ言っていない。でも、その際はよろしくお願いします」

「よろしくしなくていいし！」

直哉に向かって丁寧に頭を下げる朔夜と、ふんっとそっぽを向く小雪。

これではどちらが姉かわからない。

（朔夜ちゃんが過保護になるのもわかるなあ……）

ある意味で息がぴったりの姉妹に、直哉はほのぼのしてしまう。

そんななか、小雪は唇を尖らせたままでこちらを睨む。

「ふんだ、仕方ないわね。一度は約束しちゃったし、デートしてあげようじゃない。そのかわり……」

そこで直哉の鼻先にびしっと人差し指を突きつける。

「ちょっとでもつまんないと思ったらすぐに帰るから。せいぜい私を楽しませることね」

「『男の子とデートするなんて初めてだし、どうしていいかもわからないけど……笹原くんに任せても大丈夫よね？　どんなデートにしてくれるのかしら、ちょっとワクワクしちゃうかも！』って？」

「言ってないわよ！　私の台詞量の倍しゃべるのやめてくれる⁉」

「完璧《かんぺき》な翻訳。身内の私が花丸あげちゃう」

朔夜が横手から無表情で拍手を送ってくれた。

「あはは、ありがと朔夜ちゃん。ま、一応計画は立ててきたからさ。付き合ってくれるかな、白金さん」

「むう……し、仕方ないわね」

小雪はつんけんしながらも直哉の隣に並んで歩き出す。

口振りは剣呑《けんのん》なものだが、その足取りは羽のように軽い。

その後ろから朔夜がゆっくりとついてきて——妹同伴の、奇妙なデートが幕を開けた。

まず三人で向かったのはショッピングモールの三階だった。

壁に並ぶポスターを見て、小雪が首をかしげてみせる。

「……映画館？」

「うん、あれこれ考えたんだけどこれが一番ベターかなって」

映画デートなど、定番中の定番すぎて面白味《おもしろみ》に欠けるかもしれない。

だが、ふたりにとってはこれが初めてのデートだ。

「こういう定番イベント、俺たちまだほとんどできてないだろ？　だからいい機会だし、今日はそういうのを片っ端からこなしていこうかと思ってさ」

「ふ、ふーん、そう。殊勝な考え方ね、その……嫌いじゃない、わ」

尊大な物言いで、小雪はほんのり頬を染めてもごもご言葉を濁す。

どうやらお気に召してくれたらしい。

しかしその一方で、朔夜の方はじろりと鋭い眼差しを直哉に向ける。

「お姉ちゃんを暗がりに連れ込んでどうするつもり？　薄い本展開待ったなしなら、私は出るところに出る」

「どうもしません。映画を見るだけです」

「うすいほん……？」

小雪が目を瞬かせる。意味がわからないようでなによりだった。

謎《なぞ》の単語を深く追及することもなく、むしろ興味は別のことでいっぱいらしい。

「まあ、変人のあなたにしてはまっとうなデートプランじゃない。それで、見る映画はもう決めているの？」

「ああ、白金さんが気に入りそうなのがちょうど一本やってるみたいだから」

「私が好きそうな映画か……」

小雪はそわそわとあたりを見回す。

壁には現在上映中の映画のポスターがずらっと並んでいた。

そのなかのひとつ。人気の若手俳優と女優が仲睦《なかむつ》まじげに寄り添いあった一枚を指差して、小雪は得意げに言う。

「わかったわ、あの純愛ラブストーリーね！」

「違うなあ。ネットで見たけどあの映画、爽《さわ》やかそうな見た目に反して十八禁のスプラッターサスペンスらしいから。あのふたりが二時間の尺をたっぷり使って殺し合うとかなんとか」

「さ、詐欺じゃないそんなの……えっ、それじゃあれ？　海辺でカップルが抱き合ってる海外映画？」

「あれも違う。あっちはZ級サメ映画で、あまりに酷《ひど》い脚本とお粗末なCGで『金返せ！』って絶賛炎上中。そういうマニアからはめちゃくちゃ好評らしいけど」

「ろくな映画やってないわね、ここ……」

小雪はげんなりと眉をひそめてみせる。

そのままあちこち見回すが、とあるポスターを目にして「ぴゃっ」と小さく悲鳴を上げた。

「そ、それじゃ、まさかとは思うけど……そっちの、お化けのやつ……⁉」

「いや、白金さんああいうのダメだろ。デートでトラウマこさえちゃ可哀想《かわいそう》だし、あれも違う」

「だ、ダメなわけないでしょ、あんなの作り物じゃない。お化けなんて幼稚園で卒業しただけよ」

女性が血まみれになったポスターから、小雪はしっかり目を逸《そ》らしつつ強がってみせる。

しかし、それで候補はなくなってしまったらしい。

小雪は訝《いぶか》しげに首をひねってみせる。

「じゃあ、いったい何を見るつもりなの？」

「うん、それじゃチケット買いに行こうか。朔夜ちゃんも一緒のでいい？」

「もちろん。お手並み拝見」

朔夜はこくんと小さくうなずく。相変わらずの無表情だが、どこか興味津々といった様子だった。

そういうわけで三人揃って窓口に向かう。

係のお姉さんに向かって、直哉は堂々とそのタイトルを口にした。

「『にゃんじろーのドキドキ大冒険～母を訪ねて三万光年～』、高校生三枚お願いします」

「かしこまりましたー」

「お子様向けアニメ映画⁉」

小雪が悲鳴のような声を上げたが、係のお姉さんは動じることもなくチケットとおまけのキーホルダーを人数分用意してくれた。

窓口横で姉妹にそれぞれ配ると、小雪はぶすっとした顔でそれを受け取った。

まじまじと見つめて……それからゆっくりと口を開く。

「ねえ、笹原くん。これは一応デートなのよね……？」

「えっ、今さら？　もちろんそのつもりだけど」

「だったらこのチョイスはマイナス評価よ！　私たちは高校生なのよ⁉　それが初めてのデー

トで見る映画がお子様向けアニメとかありえないでしょ！　それになによ、この間抜けな顔の猫は！」

「なにって、主人公のにゃんじろーだけど」

小雪がずいっと突き出してくるのは、もらったばかりのキーホルダーだ。

映画の主人公であるにゃんじろー――ジト目が特徴的な三毛猫の男の子である。よく言えば愛嬌《あいきょう》のある顔立ちで、悪く言えばぼんやりした顔だ。

小雪はそれが不満なのか、キーホルダーを睨んだまま不服そうにぼやく。

「まったく信じらんない。せっかくのデートなのに……ねえ、朔夜もそう思うでしょ………

…って、朔夜？」

「なるほど」

朔夜はキーホルダーを目の前にかざして、それをじっと見つめていた。

やがて大事そうに鞄にしまってから直哉にぐっとサムズアップしてみせる。

「なかなかのチョイス。これは文句なしの合格点をあげたい」

「おっ、朔夜ちゃんはいける口かー」

「なんで⁉」

味方がいなくてうろたえる小雪だった。

わけがわからないとばかりに目を白黒させる彼女に、直哉は笑いかける。

「この映画、子供向けだけど大人が見ても面白いって評判でさ。キャラクター人気もすごいんだ」

「ほんとにー……？」

「ほんとほんと。それに白金さん、猫好きだろ。こういうの好きじゃないかと思ったんだけど……違ったかな？」

「ま、まあ、たしかに猫は飼ってるし、好きだけど……」

そこで小雪は怒気を収め、キーホルダーを目の前に掲げてみせる。

ため息のようにこぼすのは「私のために選んでくれたんだ……」という小声だった。

やがて小雪はキーホルダーをぎゅっと両手で握りしめ、つんと澄ました顔をする。

「ふん、だったら許してあげるわ。せっかくだし、見てあげなくもないんだから」

「よかった。それじゃドリンクとか買ってから入ろうか」

「楽しみ。みんな泣いたって評判だから。お姉ちゃんもハンカチの用意をしておいた方がいい」

「はあ？　こんな子供向けアニメで泣けるなんて、みんな粗末な涙腺をお持ちなのね。私は絶対泣いたりしないんだから」

そう言って、小雪は颯爽《さっそう》と歩き出す。

そんな彼女の後ろ姿を見て、直哉と朔夜がそっと目配せしたのは言うまでもなかった。

かくして約九十分後。

三人揃って映画を楽しんで、親子連れの多い客たちに交じってシアターの外に出たとき――。

「うっ、うっ、ううぅう……！　にゃんじろー……にゃんじろぉ……おかあさんにあえてよかったねえ……にゃんじろぉ……！」

小雪はボロボロと涙を流していた。

売店で買ったばかりのパンフレットを抱きしめて、手には最初にもらったキーホルダーをふんわり優しく包んでいる。

朔夜がそんな姉を見て、しみじみとうなずいてみせる。

「これこれ。親の顔より見た即落ち二コマ」

「フラグの回収が迅速だなあ……はい、ハンカチ」

「うえっ……あ、ありがとぉ……」

直哉がハンカチを差し出すと、小雪はぐすぐす言いながら顔を拭《ぬぐ》う。

ハンカチがあっという間におしぼりのようにぐっしょり濡《ぬ》れた。

「あーあー、それ以上泣いちゃ脱水起こすぞ。ほら、水分取ろうなー」

「うん……もらう……」

直哉の残ったジュースを差し出すと、小雪は力なく飲んでいく。かなり憔悴《しょうすい》しているため、落ち着くのを待った方がよさそうだった。

「しかし評判通り……いや、それ以上の出来だったなあ」

「わかる。わん衛門がにゃんじろーを裏切ったと見せかけて、宇宙船に唯一残った脱出ポッドを譲る展開は胸が熱くなった」

朔夜は淡々と相槌《あいづち》を打つ。

やはり表情筋はピクリともしないが、映画の興奮が冷めていないのか頰がほんのり桜色に染まっていた。

「このアニメ監督は、今季のファンタジーアニメも手がけている。おススメ。メインヒロインが超可愛い」

「あー、俺まだ見てないんだよな。面白いとは聞いてるんだけど」

「あれを見ないとか人生の二十割を損している。早く見て。なんなら原作も貸すから、きっちり履修してレポートで感想を書いてほしい」

「過激派のガチ勢じゃん……」

無表情にグイグイ来るのがちょっとだけ面白かった。

そんな話を朔夜ととりとめもなく続けていると、控えめに袖《そで》を引かれた。

「う……ん？」

「むう……」

見れば小雪がちょこんと直哉の袖を摘《つま》んでいた。

ジュースを飲み終わったのでおかわりの催促かと思いきや、眉をちょっぴりひそめて唇を尖らせ、わかりやすい不機嫌顔だ。

目を逸らしながら、ぼそぼそと言うことには――。

「い、今は私とデートしてるんでしょ……ほかの子と楽しそうにしゃべってるとか……合格点どころか、減点……なんだから」

「…………」

「…………」

「えっ、な、なによ、ふたりして黙るのやめなさいよ」

言葉を失う直哉と朔夜に、小雪がおどおどし始める。

ふたりはそっと顔を見合わせて、深くうなずいた。

「アニメのヒロインも悪くないけど……やっぱ俺は三次元の方がいいかな」

「同意。むしろこっちのが味わい深い」

「もう！　また朔夜とばっかりお話しして！」

ぷんぷん怒る小雪だった。

どうやらもう涙も落ち着いて、いつもの調子が戻ってきたらしい。

空になった紙コップを突っ返し、小雪は腕を組んで居丈高に言ってのける。

「笹原くんの今日の役目は私を楽しませることなのよ、放置するなんて許さないんだから。下僕になったつもりできちんとエスコートし、な……」

「どうした？」

台詞が尻《しり》すぼみになって、小雪が目をみはって黙り込む。

彼女の視線を追えば、そこにあったのは映画館の隣に位置するゲームセンターだ。

店頭にはクレーンゲーム機の景品見本なのか、キャラクターもののぬいぐるみがいくつか飾られている。

なかには今し方見たばかりの映画のキャラクターもいて――。

「にゃんじろーのぬいぐるみだわ！　私ちょっと見てくる！」

小雪は目を輝かせてゲームセンターへと小走りで吸い込まれていった。

声をかける暇もなかった。残された直哉は頬をかいて苦笑するしかない。

「エスコートっていうか、これじゃ子守だな……」

「それもまたあなたの仕事。早く行って」

「はいはい。朔夜ちゃんは？」

「お姉ちゃんがさっきみたいに不貞腐《ふてくさ》れないように、ちょっと距離を空けて観察させてもらう」

朔夜はいつもと同じ調子で淡々と言う。

最後に小首をかしげてこう問いかけた。

「お姉ちゃんはクールを気取っているけど、ほんとはあの通り子供っぽかったり涙脆《なみだもろ》かったりと忙しい。それでもあなたは面倒臭く思わないの？」

「うーん、それは全然思ったことないかな」

直哉は腕を組んで考え込む。

たしかに小雪は気難しいところがある。だがそれに辟易《へきえき》したことは一度もなかった。

不思議そうな朔夜に、直哉は照れ笑いを返す。

「だってああやっていろんな顔を見せてくれるのは、俺に気を許してくれている証拠だろ。だから嬉しいっていうか、得したなーって思うっていうか」

「そう。やっぱりあなたもお姉ちゃんに負けず劣らずの変人なのね」

朔夜はそう言って、ふっと表情をゆるめてみせる。

直哉でなければ見逃すような、ささやかな笑みだった。

「それじゃ、その信頼にちゃんと応えてあげて。早く行って」

「はいはい。子守デートに尽力するよ」

そのまままいったん朔夜と分かれてゲームセンターに向かう。

少し探せば、小雪は予想通り一台のクレーンゲーム機に張り付いていた。

両手をついてじーっと見つめるアクリル板の向こうには、猫のぬいぐるみが山と積み上げられている。

小雪はほうっと息を吐いて、悩ましげにこぼす。

「にゃんじろーのぬいぐるみだわ……しかも大《お》っきいし……」

「ほしいの？」

「ほ、ほし………あっ」

しかし、そこでハッとしたように息を呑んだ。

そのまま小雪は視線を下げて、気まずそうにぼそぼそ言う。

「ち、違うわ。こういうのは子供が好きなものでしょ。私は大人だから、ぬいぐるみなんて全然興味なんてないんだから」

「ほんとに？」

「へ……？」

驚いたように顔を上げた小雪に、直哉はにこりと笑う。

「素直になるってこの前言ってただろ。結衣に誘われたときだって素直に言えたんだし、今回もほんとのことを教えてほしいな」

「うっ……」

小雪は青い顔で目線をさまよわせる。

しかし直哉が諦めないと察したのか、やがて肩を落として打ち明けた。

「ほんとはぬいぐるみ、大好きで……お部屋にいっぱいあるの。ベッドもぬいぐるみだらけだし……」

「うん。だと思った」

「子供ぽいって呆《あき》れないの……？」

「まさか。可愛い趣味だと思うよ。俺は別に、白金さんが何を好きでも笑ったりしないからさ」

直哉は心からの本音を打ち明けたのだが――。

「………そう」

小雪は硬い面持ちでうなずき、うつむいてしまう。

おかしな空気が流れて直哉はかすかに首をひねる。

いくら先ほどの台詞を振り返ってみても、おかしな点は何もないと思えたが――。

(『何を好きでも笑わない』……が引っかかるのかな?)

なんとなく、それが地雷なんだろうと予想がついた。

とはいえせっかく小雪が本音を打ち明けてくれたのにこの空気はよろしくない。

だから直哉はそれに気付かないふりを選んだ。

わざとらしく腕まくりして、クレーンゲーム機に向かう。

「よし、それじゃ俺が取ってあげようじゃん。どれが欲しいとかある?」

「えっ、え、っと……じゃあ、右端のにっこりしてる子……とか」

「おっけー。任せとけって」

小雪がおずおずとぬいぐるみを指差す。

好きな子からそんなおねだりを食らってしまったら、男としてやることはひとつだ。

直哉は意気揚々と硬貨を放り込む。

かくして軽快なＢＧＭとともにクレーンが動き始めて――。

がこっ。

物悲しい音を立てて、空のクレーンが開く。

景品取り出し口には何もないし、小雪の指差したぬいぐるみは、元の場所からほとんど動いていなかった。かすりもしない惨敗である。

小雪がおそるおそる、といった様子で直哉の顔をのぞきこむ。

「……ひょっとして、こういうの苦手なの？」

「……バレたか」

直哉は素直に負けを認めた。

ゲームはわりと得意な方だ。人狼《じんろう》ゲームなどの読み合いゲームは負け知らずと言ってもいい。

だがしかし、こうしたシンプルな機械相手のゲームはどうにも不得手だった。

「今日はなんかイケる気がしたんだけどなあ……やっぱダメか」

格好がつかなくて、直哉は頭をかくしかない。

さぞかし小雪はガッカリしているかと思い、そっと様子をうかがうのだが――。

「……なんでそんなに嬉しそうなんだ？」

「ふ、ふふ……だって、あんなに自信満々だったのに……」

なぜか小雪は肩を震わせてくすくすと笑う。

いたずらっぽく笑みを深め、無様に終わったクレーンを見上げてみせる。

「あなたでも苦手なことがあるのね。たいていそつなくこなしちゃうものだから意外だったわ。

そういう弱みを握るのも悪くは……って、なに？」

「いや……怪我《けが》の功名だなあ、って」

「なによもう。変な人ね」

小雪は怪訝《けげん》な顔をしてみせる。

そこにはもう、先ほどの陰はわずかにも残っていなかった。

（やっぱ好きな子には笑っててほしいもんな）

真っ向から口にすると怒られるので、胸中でしみじみと萌《も》えを噛みしめた。

そんな直哉に、小雪は首をかしげてみせる。

「もう、ニヤニヤしちゃって。それよりどうするの、またチャレンジしてみる？」

「そうだ、なあ……」

直哉は財布の中身を確かめる。

そうしてそっと周囲をうかがった。

あたりには同じようなクレーンゲーム機が立ち並び、多くの客で賑わっている。

ゲームの音と人々の話し声、それに紛《まぎ》れるようにして聞こえた声があって……直哉は小雪に、
自然な調子で提案する。

「それじゃもう一回試してみよう。ちょっと両替してくるからここで待っててくれ」

「あらそう？　でも、次は私が出すわよ」

「いいっていいって。すぐ戻るから、ここから動かないようにな」

何か言いたげな小雪を置いて、直哉は足早にその場を離れる。

それから向かうのは両替機――ではなく、先ほど声がした方向だ。

クレーンゲーム機コーナーから外れ、コアなアーケードゲームのコーナーである。プレイしている人は少ないし、ゲームセンターの奥まった方になるので店員もいない。

そこで揉《も》めているふたり組がいて……直哉はいつぞやのように、その間に割り込んだ。

「俺の連れに何か用ですかね」

「なっ……！」

「……」

若い男が目をみはり、少女――朔夜もまたハッと息を呑んだ。

別行動を取ったのが悪かった。小雪と盛り上がる最中、遠くの方で朔夜のか細い声が聞こえて、慌てて駆けつけたのだ。

どうやらしつこく声をかけられていたらしい。

朔夜の顔は硬くこわばり、直哉の服をちょこんと摘まむ。

そんな仕草が小雪と同じだなあ、としみじみする余裕はまるでなかった。

なにしろ朔夜をナンパした相手には見覚えがあったのだ。

「うわ、誰かと思ったらまたあんたかよ……懲りないなあ」

「はあ……？　って、おまえあのときのガキか⁉」

ぎょっと悲鳴を上げるのは、派手な金髪とピアスで飾った若い男だ。

つい先日、小雪をナンパして直哉に撃退されたのは記憶に新しい。

見ようによっては、ふたりの出会いを作ってくれた恋のキューピッドでもあるのだが……再会するとはこれっぽっちも思っていなかった。

男は直哉以上に顔をしかめて、信じられないものでも見るかのように目を丸くして固まっている。

そんななか、朔夜が声をひそめてぼそぼそと尋ねる。

「……知り合い？」

「あー……ちょっとな。それより朔夜ちゃんは大丈夫か？」

「私は平気。でもお姉ちゃんを置いてきていいの？　減点される」

「そうかもしれないけど……義理の妹のピンチは見過ごせないだろ」

「気が早くてびっくりする。でも……悪くない」

直哉の冗談めかした台詞に、朔夜の表情が少しばかり和らいだ。

ふたりがぼそぼそと言葉を交わすのを、男はしばし凝視していた。

しかし不意に嘲《あざけ》るような笑みを浮かべてみせる。

「はっ。正義の味方気取りが……結局は俺と同類だったたってわけだ」

「はあ……？」

その言い草に、直哉は眉をひそめるしかない。

男は朔夜を指し示し、横柄に言ってのける。

「その女子高生、こないだ俺がナンパしたやつだろ？　おまえは俺のおかげでまんまと女をモノにできたたってわけだ」

「…………はあ？」

「はい？」

直哉だけでなく、朔夜もきょとんとするばかりだった。

しかしすぐに直哉は男の言い分を理解する。

（あー……このナンパ野郎、白金さんと朔夜ちゃんを勘違いしてるんだな）

たしかに面立ちは似ているし、銀髪という大きな特徴も一致する。

一度ナンパしただけの相手だし、見間違えるのも理解できる。

ふたりがあの件をきっかけに急接近したという読みも正しい。

「どうせ女子高生を助けたのだって下心があったからだろ。俺に説教できる立場かよ」

「うっ……まあ、見ようによっちゃそう見えるか」

直哉はたじろぐことしかできなかった。

男の言うことも一理ある。一応助けはしたが、あれもあれでナンパしたようなものだ。少しばかりの後ろめたさを覚えていると――。

「全っ然、違うわ」

「っ⁉」

毅然《きぜん》とした声に、ハッとして顔を上げる。

果たして男の背後。そこにはいつの間にやって来たのか、小雪が凛然《りんぜん》として立っていた。

目をつり上げて、口はへの字。腕組みをして仁王立《におうだ》ちするその姿は、整った容姿と相まって絶大な威圧感をかもし出す。

言葉を失う直哉と朔夜。

男もまた突然の乱入者にぽかんと目を丸くするばかりだった。

「あれ、白い子がふたりいる……？　こないだ俺がナンパしたのはひょっとして……」

「そうよ、私よ。その程度のことも覚えていられないなんて、見た目以上に残念な知性をお持ちのようね」

「ん、だと……？」

男の形相が醜く歪《ゆが》む。

しかし小雪は一歩たりとも引かなかった。

相手をしかと睨《ね》め付けて、声をかすかに震わせつつも言い放つ。

「笹原くんはね、私のことをちゃんとまっすぐ見てくれるの。誠実で優しくて、すっごくいい人なんだから。女の子ひとりまともに口説《くど》けないような、あなたみたいな小物と一緒にしないでちょうだい」

「はあ……？　この前はしおらしかったのに、今日はずいぶんと――っ⁉」

ダンッッ‼

男が小雪に手を伸ばそうとする。しかし、その手は虚しく空を切った。

直哉が男の胸《むな》ぐらを摑《つか》み、勢いよく壁に押し付けたからだ。

至近距離で男を睨みつけ、感情を抑えて低い声で告げる。

「悪い事は言わない。白金さんに触るな」

「お、おお……？　なんだよ、やる気か？」

男は少しだけ目を瞬かせたあと、ニヤニヤと笑う。

先日と立場がそっくりそのまま入れ替わった形だ。

ここで直哉が男を殴れば、大きな騒ぎになるだろう。

きっとすぐに警備員がやってきて取り押さえられるし、あちこちにカメラもある。警察沙汰になるのは間違いない。それがわかっているから余裕を見せているのだ。

だが、直哉はニタリと不敵に笑い返した。

「もちろんボコボコにさせてもらうよ。殴ったり蹴《け》ったりとか……そういう肉体的な暴力以外でな」

「はあ……？」

男は怪訝な顔をしたものの——それが絶望に染まるのに、そう時間はかからなかった。


それからしばらくして。

駆けつけた警備員によって、男はあっけなく連行されていった。

抵抗するそぶりはまるでなく、むしろ青白い顔で項垂《うなだ》れてボロボロと涙を流している。誰が見ても相当な意気消沈ぶりだ。

「うっ、ううう……母ちゃんごめん、ごめんよぉ……昔から俺、迷惑かけてばっかで……」

「酔ってんのか……？　そういうのはお袋さんに言ってやんなよー」

警備員は首を捻りつつも男を事務所へと連れていった。

その後ろ姿を見送って、責任者らしきスーツの男性が直哉に頭を下げてみせる。

「どうもありがとうございます。急病人をお知らせいただいて助かりました」

「いやあ、よかったです。急に気分が悪くなったみたいで」

直哉はへらへらと笑う。

その真後ろでは朔夜と小雪がひそひそと言葉を交わしていた。

「いけしゃあしゃあとよく言うね。本場の言葉攻めって感じだった」

「どこよ、言葉攻めの本場って。それにしても、なんであの人の家庭環境とか生い立ちとかまで事細かにわかったのかしら……」

ゲームセンターの騒音に紛れつつも、小雪のため息が直哉の耳に届いた。

宣言通り、ボコボコにさせてもらった結果がこれである。ただし肉体的ではなく、精神的な方法で。ようは相手の弱みを探り、そこをネチネチと嬲《なぶ》ったのだ。

思った通り単純な相手だったため、直哉がカマをかけるとあっさり引っかかってくれた。

『あんた、その調子だったら昔から悪さしてたんだろ。ご両親はどう思ってるんだろうなあ』

『なっ……お、お袋は関係ないだろ！』

『そのお母さんが、今のあんたの姿を見たら泣くだろうなあ』

そんな調子でボロボロ弱みを見せてくれたので、わりかし戦いやすかった。

少しやりすぎたかなあ……とは思うものの。

（ま、いいお灸《きゅう》になっただろ。これでしばらくはナンパをする気も起きないと思うし）

そんなことはおくびにも出さず、責任者の男性と事務的な会話をする。

一通りのお礼を告げてから、責任者の男性はふと表情を固くした。

「ところであのお客様は以前から度々問題を起こすので、こちらでも注意していたのですが……何もございませんでしたか？」

「ああ、はい。別にトラブルとかはないですよ」

「そうですか。しかし、何がどうなってあんなにやつれて……あ」

責任者の男性がそこでハッとする。

直哉の顔をまじまじと見つめて、首をかしげながら尋ねてきた。

「つかぬ事をうかがいますが……きみの苗字《みょうじ》は何でしょうか」

「へ？　笹原ですけど」

「やっぱりかあ」

責任者は額を押さえて天井《てんじょう》を仰《あお》いだ。

目を白黒させる直哉に、彼は声をひそめて言う。

「私はね、きみのお父さんとちょっと縁があって。いろいろお世話になったことがあるんだ」

「……あー。なるほど」

「だから君があのお客様に何をやったのか、だいたいわかるんで……帰っていいよ。報告は適当にしておくから」

「なんかすみません……ありがとうございます」

「いいっていいって。お父さんによろしくねー」

責任者は軽く手を振って去っていった。

小雪が不思議そうに首をかしげてみせる。

「最後にこそこそ話してたけど、何かあったの？」

「ああ、こっちの話だよ。それより……白金さん」

「えっ、な、なに？」

小雪の右手を、直哉はそっと握る。

わけもわからず目を白黒させる彼女に問う声は、自分でもわかりやすいほどに震えていた。

「かばってくれたのは嬉しいけど……無茶はやめてくれ。心臓が止まるかと思ったよ」

「あっ……う、うん。ごめんなさい」

小雪はそこでハッとしたのか、おずおずと頭を下げた。

そのままうつむき加減で唇を尖らせて言うことには――。

「だって、我慢ならなかったんだもの。あの人ってば笹原くんのことバカにして……笹原くんは、あんなのとは全然違うもん」

「そう言ってくれるのは嬉しいけどさ……危ないだろ」

「え、だって笹原くんが守ってくれるでしょ？　わかってたから全然怖くなかったわよ」

「まあそりゃ助けるけどさあ……」

まっすぐな目でそう言われると、今度は直哉の方が口ごもる番だった。

小雪は目を細めて笑う。

「ふふ、笹原くんってば、いつも飄々《ひょうひょう》としてるからなんだか新鮮だったわ。でもまあ、そうね……さっきのは少しだけ、ほんのちょっぴり、か、かっこ――」

「うん。かっこよかった」

「あっ！　それ私が言いたかったのに！」

「あはは……」

素で悲鳴を上げる小雪だった。

姉妹のやり取りを見ているうちに、直哉の緊張もずいぶんゆるんだ。

ふたりが無事で本当によかった。ほっと胸を撫で下ろしていると、小雪がしみじみとため息をこぼす。

「それにしても姉妹揃って同じシチュエーションで助けてもらうとか、ほんと血は争えな………あ」

「お姉ちゃん？」

急に黙り込んだ姉に、朔夜はきょとんと目を瞬かせる。

そんな彼女の肩をがしっと摑み、小雪は低い声で凄《すご》むのだ。

「まさかとは思うけど……朔夜は笹原くんのこと、好きになったりしていないわよね？　絶対ダメなんだから。この人は私の下僕なの。朔夜には貸してあげないんだから」

「あ、それは大丈夫。恋愛対象にするには、この人はちょっとクセが強すぎる」

「朔夜ちゃんも十分俺と同じ変人枠だからな⁉」

思わずツッコミを入れてしまった直哉だが、朔夜はこちらに向き直って淡々と続ける。

「恋人は無理だけど、義理の兄なら悪くないと思う」

「それってつまり……？」

「仕方ない。あなたを認める」

そう言って、朔夜はぺこりと頭を下げた。

「お姉ちゃんをよろしくお願いします、『お義兄《にい》さん』」

「俺もけっこうグイグイいく方だけど、朔夜ちゃんも大概だよなあ……」

「朔夜、お兄ちゃんが欲しかったの……？」

微妙なニュアンスが理解できないのか、小雪はきょとんとするばかりだった。

直哉は頬をかいて笑う。ひとりっ子なので、経緯はどうであれ妹ができるのはちょっと嬉しかった。

それだけ言って満足したのか、朔夜はしゅたっと敬礼してみせる。

「それじゃ、審査はこれで終わり。あとはふたりきりでデートを楽しんで」

「えっ……！　朔夜はどこに行くのよ！」

「私は本屋で漫画の新刊を買ってから帰る。お姉ちゃんはあとで今日の報告してね。このあたりでちゅーするなら、暗くなってからがオススメ」

「しないわよそんなこと！」

真っ赤な顔で悲鳴を上げる姉に手を振って、朔夜は軽《かろ》やかに駆け出して逃げていった。

直哉はそれを見送って、しみじみとこぼす。

「いやあ、いい妹さんだな」

「たしかにいい子だけど……ちょっとマイペースがすぎるっていうか――」

ぐきゅう。

肩を落としてぼやく小雪から、奇妙な音が鳴った。

そのまま顔を伏せたままぷるぷる震え始めたので……直哉は今のを聞かなかったことにして、ぽんと手を打つ。

「あー、腹も減ったな。とりあえず昼飯にしよっか」

「そ、そうね。悪くない考えだわ」

小雪は髪をかき上げ、クールな調子でそう答えてみせた。


それからふたりはレストラン街へと向かった。

昼になにを食べるかをいろいろ相談して、ようやく入った店でなかなか頼んだメニューが出てこなくて待ちくたびれたり、直哉が一口くれと提案すると小雪が恥ずかしがったり、「いやでも間接キスとか今さら恥ずかしがることか？　さっき映画館で俺のジュースの残り飲んだじゃん」と教えてやると小雪が真っ赤になったり……まあ、ともかくいろいろあったのだが。

ふたりはしっかりと初めてのデートを楽しんだという。

五章　バイト先訪問

その日は、朝から少しどんよりした空模様になった。

駅の改札で小雪《こゆき》の姿を待ちながら、直哉《なおや》はため息をこぼす。

「はあ……大丈夫かなあ、白金《しろがね》さん」

あのすったもんだのデートからは一週間あまりが経過していた。

それからも直哉と小雪は少しずつ仲を深めていたのだが……昨日、少し気になることがあったのだ。

やきもきしつつ待っていると電車が着いたのか、改札口に人が溢《あふ》れだす。

その人混みが落ち着いたあと、むやみに目立つ銀髪がよろよろと出てくるのが見えた。

直哉は手を挙げてそちらに呼びかける。

「白金さーん。おはよ」

「あっ……」

うつむいていた小雪が、はっと顔を上げる。

その顔にはどこか悲壮な色が浮かんでいたが、彼女はさっとクールな笑みを作ってみせた。

「おはよう……笹原《ささはら》くん」

「お、おう」

そんな普通な返答に、直哉は目を瞬かせる。

てっきり『あら、今日もお出迎えご苦労様。従僕としての心構えができてきたようね』くらいの可愛《かわい》い照れ隠しが飛んでくると思っていたのだが。

(素直になった……とかじゃないなこれ。単に元気がないだけだわ)

直哉は確信して、そっと小声で尋ねてみる。

「昨日渡したあれ……読んでくれた?」

「っ…………!」

その瞬間、小雪の顔がくしゃっと歪《ゆが》む。

次第にその目尻には大粒の涙がうかび始めて――。

「うっ、うっ……ささはらくううん……!」

「げっ!」

そのまま小雪は直哉の胸に飛びついて、えぐえぐ嗚咽《おえつ》を上げてしまう。

さすがにこれは予想外だった。いい匂《にお》いがして、あたたかくて柔らかく、おもわずぎゅうっと抱きしめたくなる。

だがしかし、ここは早朝の駅だ。

「なんだあれ。こんな朝から痴話喧嘩《ちわげんか》か？」

「若いって良いよなあ……」

「リア充爆発《じゅうばくはつ》しろ」

「ぐうっ……！」

サラリーマンや学生たちの白い目が突き刺さり、直哉は断腸の思いで小雪の肩に手を置き、やんわりと体を離した。名残惜《なごりお》しいが仕方ない。

「いやあの、白金さん……一旦《いったん》落ち着こう、な？」

「うっ、うっ、こんなの、落ち着けるわけないでしょ……！」

ハンカチをそっと渡せば、小雪はぐずぐず涙を拭《ぬぐ》いながら鞄《かばん》を漁《あさ》る。

そうして取り出したのは――昨日、直哉が渡した一冊の小説だった。

「なんで、なんで最後でフランちゃんが死んじゃったのよぉ……！　こんなの、納得できないわよぉ……！」

「あー……やっぱりかあ……」

こうなるんじゃないかと思っていたので、直哉は天を仰《あお》ぐしかない。

ことの始まりは昨日に遡《さかのぼ》る。

一緒に帰る途中、小雪が本屋に寄りたいと言い出したのだ。

ちょうど直哉も買いたいものがあったので、二つ返事で了承。そのまま駅前の大きな本屋に行ったのだが……そこで小さな一悶着《ひともんちゃく》があった。

『……笹原くんの買いたいものって、それ？』

『そうだけど？』

直哉の持った本を見て、小雪は眉《まゆ》をひそめてみせた。

買いたかったものとは、いわゆるライトノベルの新刊だった。表紙ではカラフルな髪色をした美少女たちが、体に見合わない物々しい武器を構えている。

タイトルは『異世界の果てへ』。ジャンルは異世界ファンタジー。

小雪はじとーっとした目で、その表紙を凝視する。

『朔夜《さくや》もけっこう読んでるけど……そういうのって、え……えっちなイラストがあったり、えっちな内容だったりするんでしょ……？』

『いやまあ、そういうのもけっこうあるけどさ』

『ううう……し、仕方ないわよね……だって男の子ですもの、うん。えっちなものも読むわよね……』

小雪は断腸の思い、といった調子で重々しくうなずいてみせた。

ものすごい勢いで誤解されている。だから直哉は慌てて弁明を始めた。

『いやいや、これはそんなにエロくないし、話も面白いんだよ。漫画化もされてて、今かなり人気なんだから』

『でも、えっちなんでしょ……？』

『まあ……たまに肌色多めのイラストがあるけどさ』

いわゆる読者サービスというやつである。

ただ、数はそんなに多くないし、女性読者も多いという。

そう説明しても小雪はまだ疑わしげで、直哉は最終手段に出ることにした。鞄に入りっぱなしだったシリーズ一巻を取り出して、ずいっと突き出したのだ。

『物は試しに。ほら、一巻貸すから読んでみなって』

『……えっちな話だったら、そこで読むのをやめるわよ？』

『それでもいいから。騙《だま》されたと思って』

小雪はなおも疑惑の目で、おずおずとその本を受け取ってくれた。

誤解が解けそうで直哉はほっと胸を撫《な》で下ろす。

どうでもいいが、そう『えっち』を連呼しないでほしいなあ……と思いつつ。

(あ、でも一巻ってけっこう泣き所が多いけど……白金さん、大丈夫かなあ)

先日の映画館デートで、お子様向けアニメで号泣していたのは記憶に新しい。

ふんわりした危惧《きぐ》を抱きつつ、昨日はそこで解散した。

そして今である。

小雪は涙でボロボロになりながら、必死に言葉を紡《つむ》ぐ。

「ううう……面白かったけど、えっちな絵もあったけど、面白かったけど……なんで……なんで、フランちゃんが死ななきゃいけないのよぉ……！」

「いやー……わかりやすくて可愛いなあ」

泣き続ける小雪をなだめて、ぼんやりと遠い目をする直哉だった。

ちなみに彼女が死を惜しんでいるフランちゃん、のちのち生きていることが発覚するのだが……それは伝えないのが人情ってものである。

それから泣きじゃくる小雪を介抱して、直哉は学校までの道のりをゆっくりと歩いた。

少し歩いたころには涙も止まっており、落ち着いたかと思いきや。

通学路を半ばほど過ぎたあたりで、小雪は泣きはらした顔でしゃくり上げながら口を開いた。

「私、ライトノベルに偏見を持っていたみたい……ごめんなさい」

「おお……しみじみと言うなあ」

思った以上に感銘を受けたようだった。

苦笑する直哉に、小雪はぺこりと頭を下げる。

「笹原くんが『えっち』なものを読んでるなんて早合点しちゃったのも本当にごめんなさいね。昨日は失礼なこと言っちゃったわ」

「あ、ああ。大丈夫。別に気にしないよ」

直哉はぎこちない笑みを返してみせる。

（貸したのは女の子でも読めるような普通のやつだけど……当然『えっち』な漫画とかラノベも読んでるんだよなあ）

小雪に勧められないような過激なラブコメも、当然所持している。男の子なのだから仕方ない。だがしかし、それが好きな女の子にバレるのは絶対に阻止したかった。

ちょっぴり冷や汗をかく直哉に気付くこともなく、小雪はほうっとため息をこぼしてみせる。

「ほんとに胸躍る冒険活劇だったわ……特に最初は主人公にツンツンしていたフランちゃんが素直になるところとか、もう、ほんと……あれが死亡フラグってやつだったのね……」

「あはは……どんまい」

しょんぼり沈んで顔を覆《おお》う小雪のことを、ネタバレをぐっと堪えて慰める。

一巻で死んだ……と思われているクーデレキャラがどうやらお気に入りらしい。自分と似ているから、シンパシーを感じているのかもしれない。

「それじゃ二巻も読む？　そう思って持ってきてるんだけど」

「ありがたいけど、もう読んでる途中なのよね」

そう言って、小雪は鞄から二巻を取り出してみせた。

「実は朔夜が全巻持っていたの。やっぱり持つべきものは妹よね」

「へえ。朔夜ちゃん、やっぱりいい趣味してるよなあ」

先日のデートで薄々察していたが、やはりかなりのオタクらしい。

小雪は表紙を撫でつつ、ウキウキを隠そうともせず笑う。

「えへへ。休憩時間にちょっとずつ読むわね。放課後には読み終わると思うから……そしたらお話ししましょ」

「ああ、もちろ……あっ、今日はダメだ。バイトだった」

そこで直哉ははたと気付く。

今日は金曜日。バイトの日だ。

そう伝えると、小雪がへにゃりと眉を下げてみせた。

「あら、そうなの。それはちょっと残念ね……せっかく笹原くんとお話しできると思ったのに」

小雪は寂《さび》しげに笑って、手元のライトノベルに視線を落とす。

そんな顔をされてしまったら、どうにかしてあげたいと思うのが男の性だった。

しばし考え込むと同時、彼女の持つ本の表紙に目がとまって、直哉はぽんっと手を叩《たた》く。

「あ、それじゃあこうしよう」

「へ？」

「白金さんが俺《おれ》のバイト先に遊びに来たらいいんだよ。そしたら話もできるだろ」

「ええ……でも、お仕事の邪魔しちゃ悪いわよ。お店の人にも怒られるでしょ」

「別にかまわないって。店長が道楽でやってるような店だし」

直哉のバイト先は古本屋だ。

滅多《めった》に客は来ないし、配達もほとんどない。完全に儲《もう》け度外視で、店主が規則正しい生活を送るためだけに店を開けていると言ってもいいような店なのだ。

そう説明すると、小雪は首をかしげてみせた。

「道楽のお店でバイトを雇うって変な話ね……いったいどんな人なのよ、そこの店長さんって」

「そうだなあ、一言で言えば……」

直哉は慣れ親しんだ店長の顔を思い浮かべる。

いろいろと属性過多な人ではあるものの、強いて言うなら――。

「大人のお姉さん、って感じかなあ」

「………へえ?」

その言葉を発した瞬間、小雪の眉がぴくりと動いた。

ついでにまとう空気がピリピリし始める。やけに落ち着いた笑みを浮かべて、小雪は静かにうなずいてみせた。

「わかったわ。行きましょう。むしろ絶対連れてって」

「あ……いやでも、白金さんが思ってるような人じゃないから」

何をどう誤解させてしまったのか、すぐにわかった。

だから直哉は慌てて補足するのだが……。

「俺と店長じゃフラグの立ちようがないっていうか、なんていうか」

「店長さん、結婚されてるとか、彼氏がいるとか?」

「いや、どっちもないけど」

「じゃあ行く」

「はあ……俺は白金さん一筋なんだけどなあ」

「あなたはそうかもしれないけど、他の女の人がどう思っているかはわからないでしょ!」

小雪の機嫌は結局直らず、プンプン怒って先々足早に歩いて行ってしまう。

今のは素直になった結果か、追い詰められて口が滑ったのか。たぶん後者だ。

(うーん……だいぶ誤解されてるみたいだけど……ま、いいか。会ったらわかるだろ)

それ以上弁解しても無駄だと悟り、直哉もまた大人しく彼女の背中を追いかけた。

絶対にフラグが立つはずないと、会えばすぐにわかるはずだから。


そして放課後、直哉は約束通りに小雪をバイト先へと案内した。

商店街の片隅に存在する小さな古本屋だ。

コンビニと小さなアパートに挟まれた一軒家で、茜屋《あかねや》古書店と書かれた看板がかかっている。

開いているのは平日朝十時から、夕方五時まで。

土日祝日はお休みだ。

店内はこぢんまりしており、壁一面の本棚には洋書から専門書まで、数多くの書物がびっしりと詰め込まれている。その奥にはカウンターがあり、六畳ほどの和室が続いている。よくある、昔ながらの店舗兼、店主の自宅である。

その和室に、今日もいつものハスキーボイスが響き渡った。

「あらあらあら、笹原くんに聞いてた以上に可愛らしいお客様ね！　はじめましてー！」

「へ…………は、はじめまし……て？」

座布団にちょこんと正座しながら、小雪は戸惑いつつも頭を下げた。

ぽかんと口を半開きにして正面に座る人物を見つめている。

そんななか、直哉も慣れ親しんだ『店長』に軽く会釈《えしゃく》してみせた。

「そういうわけで連れてきちゃったんですけど……大丈夫ですよね？」

「もちろんよぉ。お店も暇だし、こんなお客様ならいつでも大歓迎だわ！」

店長は頬《ほお》に手を当ててふんわりと笑う。

薄手のカーディガンにスキニーパンツ。顔立ちは整っており、垂れ目が印象的。

暗い藍色に染めた髪をひとつ括《くく》りにして、胸の前に垂らしていた。年は二十三だ。

直哉が小雪に教えた通り『大人のお姉さん』という言葉がぴったりの人物だ。

彼はふたりの対面に腰を下ろし、にこやかに名乗る。

「あたしの名前は茜屋桐彦《きりひこ》！　よろしくねえ、小雪ちゃん」

「よ、よろしくお願いします……」

小雪はぎこちなく応《こた》えてみせる。

どうやらオネエキャラに会うのは初めてらしい。

直哉はクッキーを口へ放り込みながら肩をすくめてみせる。

「ほらな、だから言ったろ。俺と桐彦さんじゃフラグが立ちようもないって」

「そうねえ。あたしこう見えても恋愛対象は女の子だし」

手際良くお茶を注《そそ》ぎながら、桐彦はあっけらかんと言う。

この通り、直哉の雇い主はれっきとした男性だ。

内面の性別が本当はどちらなのかは……直哉も詳しくはよく知らない。出会った当初からこのキャラクターだったし、とりあえずいい人ということだけは知っている。ゆえになんの問題もなかった。

「そういうわけだから、白金さんが危惧したような『大人のお姉さんに誘惑されてコロッと落ちちゃう』って展開は絶対ない、クリーンな職場だから。安心してほしいな」

「は、はあ？　別にそんなこと心配していないわよ。思い上がらないでちょうだい」

小雪はぷいっとそっぽを向いてしまう。

そのままほんの少しだけ、桐彦の方に視線をやって――。

「えっと、店長さん……ほんとに笹原くんのことは、なんとも思ってないんですか……？」

「そうよー。遠い親戚だから小学校くらいのころから知ってるし、弟分って感じかしらねえ」

「お、弟分……ですか」

小雪はほんの少しだけ目尻を下げて、小さくため息をこぼす。

緊張がゆるんだのがひと目でわかる。

そんな彼女に、桐彦はいたずらっぽくウィンクしてみせた。

「だから心配ご無用よ。彼氏を奪う気はないからお幸せにね～」

「そうですか……って、彼氏⁉」

小雪の肩がびくりと跳ねて、一瞬で顔が真《ま》っ赤《か》に染まった。

両手で持った紅茶のカップががたがたと震えるが、桐彦はおかまいなしで直哉に話を振る。

「ほんとにもう、事後報告なんて水臭いじゃない。こんな可愛い子といったいどうやって知り合ったのよ」

「言いませんでしたっけ？　こないだこの店の前でナンパされてたのを助けたんですよ」

「あら、ベタでいいじゃない。ラブコメの定番ネタねえ。で、付き合って何日目？　その初々しさを見るに、一ヶ月くらい？」

「つっ……付き合ってなんかいません！」

小雪が裏返った声でツッコミを叫んだ。

おかげで桐彦がきょとんと目を丸くする。

「えっ、その距離感で？　冗談でしょ？」

「それが……実はまだ付き合ってないんですよ」

「へえ、『まだ』ねえ。そういうのもいいわね！　最高に青春って感じだわ！」

「まだもなにもないのに……」

小雪は顔を赤らめてもごもごと言葉を濁す。

人の家にお邪魔しているせいか、いつもより毒舌もずいぶん控えめだ。

しかし紅茶のカップを傾けながら直哉のことをじろりと睨《にら》んでみせる。

「それより笹原くん、お店に出なくていいわけ？　あなたアルバイトなんでしょ」

「ああ、いいんだって。店なんて誰《だれ》も来ないし、いつもこんな感じだから」

「そうねえ。よく結衣《ゆい》ちゃんとか巽《たつみ》くんも遊びに来て、四人でゲームしたり、お茶したりするのよ」

桐彦ものほほんと笑う。

結衣や巽も、桐彦とは古い仲だ。ふたりはアルバイトでもなんでもないが、月に一度くらいはこの店に立ち寄ってダラダラと過ごす。三人にとって、ここはちょっとした部室のようなものだった。

そう説明すると、なぜか小雪がすっと表情を固くする。

「……笹原くん、ちょっといいかしら」

「へ、なに？」

正座のまま直哉に向き直り、こんこんと言うことには――。

「お金をいただいている以上、きちんと勤めることが大事だと思うの。それなのにあなたときたら、友達を連れ込んでサボるとか……それは少し店長さんに甘えすぎなんじゃないかしら」

「毒舌じゃなくて単なるマジレスだ⁉」

しかも、けっこうまっとうなマジレスである。

たしかにいくら道楽商売とはいっても、これでは単なる給料泥棒だ。

なので直哉は慌てて弁明する。

「いやあの……俺の仕事はどっちかっていうと、家政夫なんだよ」

「……かせいふさん？」

「そう。桐彦さんの本業はライター業なんだけど、この人ときたら生活能力がまるでなくてさ」

「そうなのよねえ。あたしが料理すると、だいたい炭になっちゃうし」

あっけらかんと言ってのける桐彦だ。

食材を炭にするだけでなく、洗い物や洗濯も溜《た》め放題のずぼらっぷり。

女子力高そうに見えて、家事スキルはマイナスに振り切ってしまっている人なのだ。

「だから俺の仕事は、この家の家事全般。店の仕事はそのついでなんだ」

「そ、そうなの……ごめんなさい。また誤解しちゃったわ」

「いや、気にしないでくれよ。そういうところも白金さんのいいとこだと思うし」

しゅんっとする小雪に、直哉は笑いかける。

間違っていると思うことをきちんと指摘できるのは、簡単なことではない。

誤解は無事に解けたことだし、小雪のまっすぐさが嬉《うれ》しかった。

「やだ、あたしがいるっていうのに全力でイチャついてるわ……若いっていいわねえ」

桐彦はしみじみと嘆息するばかりだ。

そんな折、不意に小雪がハッとしてへにゃりと眉を下げてみせる。

「あっ……でもそれだと、店長さんは別のお仕事があるんですよね……？　お邪魔じゃありませんか？」

「あら、お気遣いなく。ちょうど昨日が締め切りだったのよ」

桐彦は片手をぱたぱた振って笑う。

実際ここ最近は修羅場《しゅらば》だったようで、直哉がいつ来ても上下スウェットで髭《ひげ》すら剃らない体たらくでパソコンの前にかじりついていた。

（さては俺が女の子を連れてくるって言ったから、慌てて身支度したな……？）

直哉がジト目を向けているのにも気にせず、桐彦はちゃぶ台から身を乗り出して、小雪の手をがしっと握る。

「だから今日はめちゃくちゃ暇なの！　いっぱいガールズトークしましょうね、小雪ちゃん！」

「は、はい……」

小雪はいくぶん硬い面持ちでうなずいてみせた。

ただでさえ人見知りなのに、オネエという未知との遭遇。キャパシティはそろそろ限界らしい。だから直哉はそっと助け舟を出すのだ。

「いや、桐彦さん。白金さんをここに連れてきたのはちょっとした理由があってさ」

「あら、彼女を自慢しに来たんじゃなくって？」

「だから彼女じゃないですってば……」

「それもあるけど、実は……」

直哉は自分の鞄をごそごそ漁り、一冊の本を差し出す。

小雪に貸していた『異世界の果てへ』一巻だ。

その表紙を見た瞬間、桐彦がぴたっと真顔になる。

「白金さん、この一巻を読んでめちゃくちゃ面白かったから……続きを読みたいらしいんですよね」

「…………」

桐彦は押し黙ったままだ。

それをどう思ったのか、小雪はあたふたと口を開くのだが――。

「あっ、でも、大丈夫です。読書なんていつでも――」

「……わかったわ」

それをみなまで言わせず、桐彦はすっくと立ち上がる。

そうして彼は満面の笑みで、ぐっと親指を立ててみせた。

「あたし、これから少し出てくるから！」

「へ……⁉」

「だから小雪ちゃんはゆーっくり読んでちょうだいね。笹原くんは家事の方、よろしく頼んだわよ！」

「はーい。行ってらっしゃいませー」

直哉の見送りを受けて、桐彦は颯爽《さっそう》と家から出て行った。

小雪はそれをぽかんと見届けたが、すぐにはっとして慌て始める。

「わ、悪いわよ！　店長さんのお家なのに、追い出すみたいなことしちゃ……！」

「いいんだって。あの人もたまには外に出ないと」

直哉はへらへら笑うばかりである。

結果として追い払う形になってしまったが、これくらいはよくやる手だ。

「桐彦さん、放っておくと一ヶ月以上も家にこもりっきりになるんだよ。こうやって日の光に当てないと、季節もわからないとかザラなんだから」

「なんだか世捨て人って感じねえ……」

「そうならないように俺が雇われてるんだよ。ついでに足りない日用品とか買ってきてもらえばいいしな」

「笹原くんは笹原くんで、お母さんって感じだし……」

小雪は釈然としなさそうに首をひねる。

しかしすぐに気を取り直したようで、そわそわしつつ自分の鞄から二巻を取り出してみせた。

「そ、それじゃ読んでもいいかしら……？　実を言うとかなり気になるところで止まっちゃってるのよね」

「ああ、俺は向こうで仕事してるから。何かあったら声かけてくれよ」

「うん。ありがとう」

素直にうなずいて、小雪は本を開く。

本が気になるのと人の家なのとで、今日はずいぶん素直だ。

その姿を見て、直哉はこっそりしみじみするのだ。

（やっぱツンツンしてるのも可愛いけど、素直になったらもっと可愛いよなあ……）

ちょっとニヤニヤしつつ、台所周りの掃除に向かおうとして……ふすまに手をかけたところで、ぴたりと体が凍りつく。

気付いてしまうことがあったからだ。

（今この家……俺と白金さんのふたりっきりじゃん⁉）

桐彦はひとり暮らしで、ペットも何も飼っていない。

つまり今このとき、直哉は好きな子と一つ屋根の下なのだ。

その事実に気付いた瞬間、背後の小雪の気配がやけに色濃く感じられた。

リラックスしきった息遣いや、ページをそっとめくる音……ただでさえ静かな家の中で、そうした音たちが直哉の鼓膜にグサグサと突き刺さる。

（いやいや、平常心……平常心……白金さんは読書中だし、邪魔しちゃ悪いだろ……）

煩悩を鎮め、なるべく静かに和室を後にする。

後ろ手にふすまを閉じてから、直哉は自分の頬をぱちんと叩いた。

「よし、バイトだ。仕事をしよう」

こうなると現実逃避がてら、真面目《まじめ》に仕事に励むのが一番だった。

小雪にも説明したが、直哉の仕事はこの家の家事全般だ。

掃除や洗濯はもちろんのこと、そこには料理も含まれる。週に二、三回この家を訪れては、作り置きのおかずを大量に作るのが常だった。

今回もひとまずエプロンを身につけて、その仕事に取り掛かる。

この家は桐彦の一人暮らしで、古民家を改築したものだ。佇《たたず》まいは古めかしいが、キッチンなどは完全リフォーム済みで綺麗《きれい》なシステムキッチンが備え付けられている。

溜まった洗い物を済ませた後、食材や調味料などを確認。そこから何品かのメニューを決める。

「えーっと、ゴボウのきんぴらに、小松菜の煮浸し、あとは切り干し大根かな……醤油《しょうゆ》がそろそろないし、買ってきてもらうか」

野菜を準備しつつ、片手間にスマホで桐彦にメッセージを投げる。

秒で既読マークが付き、すぐに返信が来た。

『りょうかーい☆』

アイコンがボリューム満点のパンケーキ写真なので、女子高生とやり取りしている錯覚を覚える。

とりあえず仕事に取り掛かろうとして……またメッセージが来た。

『ところで勢いのまま出てきちゃったけど、あたしの家でサカるのはやめてちょーだいね』

『しませんよ！』

そこは即座に否定しておいた。

直哉は頭を抱えてしゃがみ込むしかない。

「くそっ、せっかく意識しないようにしてたのに……！」

仕事モードも結局長くは続かなかった。

つい最近想《おも》いを自覚したばかりの恋愛初心者だし、直哉とて普通の男子高校生だ。小雪とはよく一緒にいるものの、こうして狭い空間でふたりきりになるのは初めてで、意識してしまうのは当然のことだった。

「そういや最近読んだラノベでもこんなシチュエーションがあったよな……あのときの主人公はどうしたっけ」

回らない頭を必死に動かして、その内容を思い出そうとする。

誰もいない家の中で、ふたりきりになる主人公とヒロイン。ドギマギする主人公だが、ヒロインは彼にそっと抱きついて――。

『好きにして……いいんだからね』

その蕩《とろ》けた顔と熱っぽい声が、完全に小雪で脳内再生されてしまった。

「そういうのはまだ早い！」

お色気展開も嫌ではないが、さすがに身が持たない。

直哉はかぶりを振って、バカげた妄想を振り払う。

「ええい、平常心だっての。だいたい白金さんがそんな大胆なことするわけないだろうが……」

素直に『好き』とも言えないのに、誘惑などとうてい不可能だろう。

それはそれで少し残念に思いつつも、直哉は思考を切り替えるために作業に没頭することにした。

ゴボウをささがきにしようと手に取ったところで――。

「笹原くん？」

「うおわっ⁉」

急に背後から声がかかって、びくりと肩が跳ねてしまう。

（まさかほんとに……お色気展開か⁉）

慌てて振り返るものの、そこには小雪がいつもと変わらない様子で立っていた。

目はキラキラ輝いて興味津々といった様子だが、その目が見つめているのは直哉ではなく、流し台に並んだ野菜たちだ。抱きついてくるそぶりはまるでない。

直哉はごくりと喉《のど》を鳴らして、おずおずと彼女に問いかける。

「えっ、と……白金さん？　何か用……？」

「なにって、ちょうど半分読めたから休憩よ」

小雪は平然と言う。

そうして流し台の野菜たちを指差すのだ。

「ねえ、ひょっとして今からお料理するの？　笹原くんってお料理できるの？」

「まあ、人並みには……」

「すごい！　そんな特技もあったのね！」

「あ、あはは……それほどでもないけど」

顔をぱあっと輝かせる小雪に、直哉はぎこちなく笑うしかない。

どうやら本当にただ様子を見にきただけらしい。

素直な尊敬の目が、邪念を抱いた胸にぐさっと刺さった。

それでも妄想をもう一度振り払って、ごほんと咳払《せきばら》いをしてみせる。

「前に言っただろ、うちの両親は海外出張中だって。俺は今ひとり暮らしだから、家事ができないと詰むっていうか……」

海外に旅立つ前に、母親からあらかたの家事は叩き込《こ》まれていたし、自分でもあれこれ試行錯誤して料理のレパートリーを増やしてみた。

たまーに出来合いのものを買ったりもするが、基本は自炊だ。弁当はその残りを詰めている。

そう説明すると、小雪はぎょっと目をみはる。

「えっ、だったらいつもお昼に食べてるお弁当って、笹原くんの手作りだったの⁉」

「まあそうだけど……そんなに大した腕前でもないって。このゴボウだって普通のきんぴらにする予定だし」

「十分高水準よ。そうか、これが主人公キャラがよくやるという『俺またなんかやっちゃいました？』ってやつなのね……」

「それ誰の入れ知恵？」

「もちろん朔夜だけど」

「うん、だと思ったよ」

家でどんな話をしているのか、非常に気になるところだった。

姉妹《しまい》の日常生活に思いを馳《は》せていると、小雪はきょろきょろと辺りを見回す。流し台の野菜にもう一度目を留めて、真面目な顔で切り出した。

「ねえ、私にもなにか手伝うことはないかしら」

「へ？　ああいや、別にいいって。白金さんはお客さんなんだし」

「だって笹原くんひとりじゃ頼りないんだもの」

小雪はふんっと鼻を鳴らし、小馬鹿《こばか》にしたように笑う。

「あなたってばけっこうボーッとしてるところもあるし。ちゃんとお仕事サボらずにいるか、私が見ていてあげるわ。光栄に思いなさいよね」

「『こういうところでデキる女だってこと見せないとね！　お料理は苦手だけど……頑張ってみせるんだから！』って？」

「言ってないし、あなたにいいとこ見せてどうするっていうのよ！」

小雪は目をつり上げて吠《ほ》えるが、すぐにしゅんっと小さくなる。

「っていうか、お料理が苦手なんて言ったことあったかしら……なんでわかるのよ」

「いやー、それは見てればなんとなく」

先ほどから包丁を見る目に怯《おび》えの色が浮かんでいるし、その辺はすごくわかりやすかった。

（でもどうしようかな、手伝ってくれるのは嬉しいけど……一緒にいるとさすがに意識するし）

今でも心臓が口から飛び出しそうなのに、これ以上は少し荷が重い。

直哉がまごついていると、小雪は胸元《むなもと》で指先をもじもじさせて、小さく首をかしげてみせる。

「えっと、お料理はあんまり得意じゃないけど、邪魔はしないようにするから……ダメ？」

「ダメじゃないです」

おもわず即答してしまえば、小雪は顔をぱあっと輝かせた。

こうなっては仕方ない。直哉は苦笑しつつ、人参《にんじん》とピーラーを小雪に手渡した。

「それじゃ、野菜の皮剝《かわむ》きをお願いしようか。できるかな？」

「う、うん。包丁はちょっと怖いけど、これなら家でもやったことあるわ」

小雪は真面目にうなずいて、直哉の隣に立つ。

ちょっと手つきはぎこちないが、仕事は丁寧だ。

それを横目で見守りつつ、直哉はこっそりと首をひねる。

（おかしいなあ……白金さんは普通だな。お色気展開は絶対ないとは思うけど、俺以上に緊張してもおかしく……あ）

そこでふと気付き、ぽんっと手を打った。

「なるほど。気付いてないだけか」

「なにか言った？」

「いや、なんでもないよ。手元に気をつけてなー」

きょとんと首をかしげる小雪に、直哉は朗らかに笑う。

（うん。できたらこのまま気付かずにいてほしいな……）

直哉ひとりがドギマギするだけなら問題ない。

だが、小雪までそうなってしまうと……非常にまずい空気になるだろう。直哉としてはそんなつもりは毛頭《もうとう》なかったが、下手をすると『いかがわしいことをするために連れ込んだ』と思われる可能性すらある。

ビクビクする直哉に反して、小雪は自然体だ。

手元のニンジンに目を落としたまま、口を開く。

「ところで笹原くん。ちょっと聞きたいことがあるんだけど」

「はい⁉　な、なんでしょうか！」

「なんで敬語？」

小雪は首をかしげつつも、ぽそぽそと続けた。

「その……お料理ができない女の子より、できる女の子の方がいいわよね……？」

「……は？」

予想外の質問だったので、直哉は目を瞬かせてしまう。

しかしすぐにその意図を察した。

苦笑しつつ、素直に応えるのだが――。

「いや、別に……俺は白金さんが料理できてもできなくても、どちらにせよ好きだけど」

「はあ⁉　な、なんで急に主語が私になるのよ。女の子って言ったはずでしょ！」

小雪はぷんぷん怒って目をつり上げるが、それもすぐしょんぼり眉をひそめてみせる。

「でもそうは言っても、やっぱり男の子なんだし……女の子にお手製のお弁当とか作ってもらいたいって思ったりするんでしょ？」

「まあ、そりゃちょっと憧《あこが》れではあるけどさ」

小さめのおにぎりや、つやつや光る卵焼きが詰まったお弁当箱を、照れ臭そうに渡される。

男の夢と言っても過言ではないだろう。

そこは素直に認めつつ、直哉はゴボウを洗っていく。

「得手不得手は人それぞれだろ。それに料理ができなくても、白金さんにはほかにいいところがたくさんあるって知ってるし。だからそんなに気にしないでほしいな」

「相変わらず恥ずかしいことを平然と言う人ね……ふんだ、勘違いしないでちょうだい。あなたができるのに、私ができないことがあるっていうのが嫌なだけよ」

小雪はつーんと澄ました顔で言ってみせる。

「でもそっか……お弁当を作ってもらうのがやっぱり憧れなんだ。ふーん、そう」

顎に手を当て、しばらく思案して。

それから小雪は最後に、勝ち誇ったような笑顔を向けた。

「だったらいいわ。これからお料理をたくさん勉強して、いつかお弁当を作って、笹原くんに見せびらかしてあげるんだから」

「いや、食べさせてくれるんじゃないのかよ」

「ふふん。食べたいっていうのなら、ちゃーんとおねだりすることね。私の足元に跪《ひざまず》いて、足でも舐《な》めてくれるっていうのなら考えてもいいわよ」

「俺、マジでやるけどいい？」

「……………よくないです」

不敵な笑みがさっと消え、しゅんっと小さくなる小雪だった。

反撃されるのが予想できるはずなのに、こういう挑発をやめないのは何故《なぜ》なのだろうか。

(ひょっとして白金さん、ちょっとMっぽいところがあったりするのか……？)

先ほどの邪念が残っているのか、不埒《ふらち》な連想が脳裏《のうり》を過ぎる。

おもわずごくりと喉を鳴らしてしまうが、直哉はゴボウの皮を包丁の背中でごしごし削り続けた。単純作業で心を静める作戦だ。

そのついで、爽《さわ》やかな笑顔を浮かべてみせる。

「料理を勉強したいっていうのなら俺が教えようか？　またここに来て手伝ってくれたらいいよ」

「それはいい考えだけど……邪魔になったりしない？」

「そんなことないって、桐彦さんも大歓迎だろうし。一人暮らしだから、家が賑《にぎ》やかになると嬉しいんだってさ」

「へえ……それじゃ今度はお菓子を持って遊びに……うん？」

「白金さん？」

そこで、小雪がふと黙り込んだ。

ピーラーを持つ手も止まってうつむいてしまうので、直哉は首をかしげてしまう。しかし、彼女はやがてぽつりとこぼすのだ。

「店長さん、この家で一人暮らしなのよね？」

「え、うん。そうだけど」

「そうなると、今……」

ごくり、と喉を鳴らしてから、小雪は声を震わせる。

ゆっくりと上げた顔は、茹《ゆ》で蛸《だこ》のように真っ赤に染まっていて——。

「この家に私たち、ふたりっきりってこと……？」

「………ソウデスネ」

ついに気付いてしまったらしい。

小雪はびくりと肩を震わせて、一番近くの壁までささっと逃げる。さすがにちょっと傷ついて、直哉はげんなりと言うしかない。

「いやあの、何もしないから……逃げなくていいからな？」

「だ、だって……」

小雪は視線をあちこちにさまよわせ、蚊の鳴くような声でぽつりとこぼす。

「朔夜が『ふたりっきりになった瞬間に男は狼《おおかみ》になるから、気をつけてね』って言ってたから……」

「とんだ偏見なんですけど⁉」

「そ、そうなの？」

直哉が叫ぶと、小雪はほっと胸を撫で下ろす。

「じゃあ笹原くんは、私にえっちなことしたいとかカケラも思ったりしないのね。よかった……」

「そ、それは、その……うん」

「何その歯切れの悪い反応⁉」

したくない、と言えば嘘《うそ》になる。

だが、そこを正直に言ってしまうには、まだ少し覚悟が足りなかった。

こんな風にして真っ赤になってうろたえる小雪にだって無理だろう。

直哉が目を逸らしてしまったせいで
「やっぱり、えっちなことをするつもりなのね……⁉　朔夜が見せてくれた薄い本みたいな、あんなことやこんなこと……私にするつもりなんでしょ！」

「いや待って誤解だから⁉　つーか朔夜ちゃんからいったい何を吹き込まれたんだよ⁉」

「そ、そんなの私の口から言えるわけないでしょ！　笹原くんのえっち！」

「そっちの方がよっぽどえっちじゃないかなあ⁉」

本当にこの姉妹、家でどんな話をしているのだろう。

しかしこれでは埒《らち》があかない。直哉は大きく息を吐き出して、弁明にかかろうとするのだが——。

「とりあえず落ち着いて。そんなつもりは毛頭な——っ！」

そこで、指先にピリッとした痛みが走った。

慌てて包丁を置こうとして、刃先が掠《かす》めてしまったらしい。ほんの一センチほどの赤い傷跡からは、じわじわと血の雫《しずく》が浮かび始める。

「いっ、てえ……」

「ちょっ、大丈夫⁉」

警戒していたはずの小雪が駆け寄ってくる。

直哉の怪我《けが》を見て、真っ赤だった顔が一瞬で青く染まった。

「あ、あわわ、血……血が……！　わ、私が変なこと言ったせい……⁉」

「いやまあ、これくらい別にどうってこと——」

縫うほどの怪我でもないし、洗い流して絆創膏《ばんそうこう》を貼《は》れば終了だ。

そう続けようとした直哉だが、次の瞬間言葉を失った。

「あむっ！」

小雪が直哉の手をがしっと掴《つか》み、そのまま指を咥《くわ》えたからだ。

そうして、乳飲み子がするように指先をちゅうっと吸われる。白昼夢のような光景を前にして、直哉は凍りつくしかない。

小雪は指を咥えたまま、上目遣《うわめづか》いで問いかけてくる。

「ふぁ、大丈夫《ふぁいほーふ》……？」

「……俺なんかより、白金さんの方がよっぽどえっちなんだよな」

天を仰ぎ、直哉は平常心を保つのがやっとだった。

指の痛みなんか一瞬で吹き飛んだ。


それから小一時間後のこと。

「たっだいま～」

「……おかえりなさい」

「えっ、なによこの浮ついた空気は」

意気揚々と帰宅した途端、桐彦が軽く引いたような声を上げる。

それもそのはず。

和室の隅と隅。対角線上に、直哉と小雪が距離を取って座り込んでいたからだ。ふたりともまともに目も合わすことができず、顔を赤くしたままもじもじするばかりで会話もない。

桐彦はぽかんとしていたが、すぐに目をキッと吊《つ》り上《あ》げて、直哉のことを足で軽く蹴《け》ってみせる。

「ちょっとちょっと笹原くん、盛るならよそでやってって言ったでしょ。さすがのあたしも自分の家で不純異性交遊なんかされちゃ怒るわよ」

「そんなんじゃないです……俺は一切《いっさい》手を出してないんです……」

「あらそうなの？」

「あうう……私なんであんなことしちゃったんだろ……」

小雪は小雪で、ちょっとした自己嫌悪に苛まれているし。

ふたりの様子を見て桐彦はじーっと考え込み、やがてぽんっと手を打った。

「なるほど。ラッキースケベイベントがあったのね」

「せめて言葉を選んでくださいよ」

「仕方ないじゃない、職業病よ。しかしラッキースケベ……実在するものなのねえ」

まるでツチノコでも見たかのような物言いだ。

そのついでとばかりに向けられる生温かい眼差《まなざ》しが胸に突き刺さり、直哉は顔を伏せる。そうすると、絆創膏を巻いた指が目に入ってドキリとした。

（……あったかかったなあ）

あたたかかったたし、しゃべると咥えた指に舌が当たって、全身にびりびりとした痺れが走った。あの感触が蘇《よみがえ》りかけて、直哉は慌ててかぶりを振る。

これ以上はマズい。まだ正式に付き合ってもいないのに。

黙り込むふたりを前にして、桐彦はため息をこぼす。からかうのにも飽きたらしい。

「まあ、健全なお付き合いの範疇《はんちゅう》ならどうでもいいわ。それより小雪ちゃん、本はちゃんと読めたかしら？」

「あっ、い、いえ……まだ二巻の半分までしか」

「あらそうなの、残念だわぁ」

桐彦は頬に手を当て、眉をへにゃりと下げてみせる。

「それならまた今度来たときにでも、感想とかいろいろ聞かせてちょうだいね」

「はあ……かまいませんけれど？」

小雪は不思議そうに、桐彦の顔をまじまじと見つめる。

そうして最後には小首をかしげてみせるのだ。

「ひょっとして……店長さんも、この本お好きなんですか？」

「はい？」

「あの、お、面白いですよね、この本。私、ライトノベルって初めて読んだんですけど、夢中になっちゃって。特に一巻のフランちゃんが可愛く……て……？」

ちゃぶ台に置いたままだった二巻を手に取って、小雪がぴしりと固まってしまう。

どうやらようやく気付いたらしい。

小雪はバッと顔を上げ、本と桐彦を交互に見やって叫ぶ。

「著者、茜屋桐彦って……さ、作者さんなんですか⁉」

「ええ。ペンネーム決めるのが面倒臭くてねえ。本名のままデビューしちゃったのよ」

「い、言ってちょうだいよ笹原くん⁉」

「……正直、いつ気付くのかなーって見守ってた」

慌てふためく小雪が面白くて、直哉はくつくつと笑う。

その驚く顔が見たくて連れてきた部分もわりとあった。

「でも楽しんでもらえて嬉しいわあ。またいつでも遊びに来てちょうだいね、小雪ちゃんなら歓迎するから」

あわあわうろたえる小雪に、桐彦は微笑《ほほえ》ましげに目を細めてみせる。

その目がギラリと妖《あや》しい光を帯びたのを、直哉は見逃さなかった。

「さては俺たちを出汁《だし》にしてラブコメを書くつもりですね？」

「あらバレた？　いいじゃない減るもんじゃないんだし」

「まあ、そうですけど……白金さんの可愛さが全国流通するのはなんだかなあ……」

「だったら引き換えに、うちで好きなだけイチャつける権利でどう？」

「手を打ちましょう」

「打つんじゃないわよ……！」

小雪が真っ赤になって、直哉の肩をばしっと叩いた。

夫婦漫才ってこんな感じか、と直哉はこっそりしみじみしたという。

六章　白金家

「それで？」

直哉《なおや》の目の前のソファーにかけるのは、彫りの深い外国人の紳士だ。

身にまとうものは小物にいたるまで洗練されており、短い銀髪を一部の乱れもなく撫《な》で付《つ》けている。その眼光はやけに鋭い。

マフィア映画の世界から迷い出てきたと言われても信じたことだろう。

そしてその紳士の後ろでは、小雪《こゆき》と朔夜《さくや》が困ったように顔を見合わせていた。ふたりとも、どう口を挟んでいいものか迷っているようだ。

そんななか、紳士はまっすぐ直哉を見つめて問いかける。

「いい加減に返事を聞かせてもらおうか、ササハラくん」

「え、えーっとぉ……」

直哉は引きつった笑顔を浮かべるしかない。

脳内を埋め尽くすのは『どうしてこうなった？』という思考だけだ。

鋭い眼光に意識が飛びそうになりつつも、直哉はぼんやりとことの始まりを思い起こすのだった。

　ことの始まりは、ちょうど三日前。

　いつものように昼休みに中庭で小雪と弁当を食べていたのだが、その日は朔夜も一緒だった。

　ミートボールをちまちまかじりつつ、朔夜がこてんと小首をかしげてみせる。

「お昼を誘ってくれたのは嬉しいけど……お義兄《にい》さんたちの邪魔じゃないの？」

「いや、実は朔夜ちゃんに渡したいものがあってさ」

「渡したいもの？」

　直哉は持ってきた鞄をごそごそと漁《あさ》る。

　ビニールに包まれたそれを取り出して、朔夜にずいっと突きつけた。

「はいこれ。茜屋桐彦《あかねやきりひこ》先生のサイン色紙」

「…………は？」

　その色紙を目にした途端、朔夜の眉《まゆ》がぴくりと動いた。

　普通の人なら見逃してしまいそうなほどの小さな変化だし、それ以外の表情パーツは微動だにしない。だがしかし、色紙を受け取る手は小さく震えていて、息もほとんど止まっていた。

　朔夜はじっくりと色紙を見つめて、かすれた声をこぼす。

「た、たしかにこれは先生の筆跡……でも、どうしてお義兄さんが……？」

「いや、実はこの人、俺《おれ》の親戚でさ」

「は?」

「ふっ、ふふ……」

朔夜が本格的に言葉を失ったのを見て、小雪が小さく吹き出した。

先日の自分の反応と重ねているのかもしれない。

直哉もくすくす笑いながらちゃんとした説明をする。

「白金《しろがね》さんから、朔夜ちゃんがファンだって聞いてさ。それでサインを頼んだら快くオッケーしてくれたんだ」

「ほ、ほんとに私がもらっていいの……?」

「うん。朔夜ちゃんの名前入りだから」

「うわ……ほんとだ……すごい……はわ……」

朔夜は息も絶え絶えに色紙を見つめ、ごくりと喉《のど》を鳴らした。

サイン色紙の下の方に書かれた『白金朔夜ちゃんへ』という丸っこい文字に、言われて初めて気付いたらしい。

「ほ、ほんとに夢みたい。西屋先生はサイン会とか全然しないから超絶レアもの」

「まあ、あの人そういうの苦手だもんなあ。あ、なんなら朔夜ちゃんも今度会いに行く? あの人、この近所に住んでるんだよ」

「ほんとに？」

朔夜の表情筋がコンマ数ミリほど動き、ぱあっと顔が輝いた。

しかしその輝きはゆっくりと落ち着いていって――。

「いや……いい。遠慮しておく」

最後には断腸の思いとばかりに、重々しく首を横に振ってみせた。

「私は単なるファン。押しかけていって、先生の迷惑になりたくないから」

「別に大丈夫だと思うけど。白金さんの妹なら会ってみたいとか言ってたし」

「……ぶっちゃけて言うと、ご尊顔を拝んだら死んでしまいそうだからやめておきたい」

「あ、はい」

「やっぱり推しは遠くから見守ってこそ……」

朔夜はサイン色紙をぎゅうっと抱きしめて、遠い目で空を見上げた。

姉に対してもそうだが、どこまでも推し方がストイックな子だった。

ほう……と吐息をこぼしてから、朔夜は改めて直哉に頭を下げてみせる。

「本当にありがとう。お義兄さん……いいえ、お義兄様」

「ランクが上がった⁉」

好感度の変化がわかりやすいシステムだった。

どうやらサイン色紙の威力はそれほどすさまじいものだったらしい。

朔夜は淡々と――それでもいつもよりは熱の籠った眼差《まなざ》しで――続ける。

「こんな恩を受けちゃったからには、お義兄様にはお礼をしなきゃいけない。なにがいい？出来る限り要望に応《こた》えたい」

「いやいや、そういうのいいから。俺は単なる運び屋みたいなもんだったし」

「そ、そうよ、朔夜」

小雪は少し慌てたように口を挟む。

「笹原《ささはら》くんは色紙を運んだだけなんだから。子供でもできるおつかいじゃない。そんな働きにお礼する必要なんてないわよ」

「大丈夫だって、俺は白金さん以外の女子には一切《いっさい》興味ないから。これで朔夜ちゃんとフラグが立つとか、そんな心配は無用だから」

「はあ⁉　そ、そんな心配してません！」

小雪は真《ま》っ赤《か》な顔で叫び、ヤケクソのように卵焼きを口へと放り込んだ。

そんな姉に、朔夜も淡々と告げる。

「私もお義兄様×お姉ちゃんの固定カプ過激派だから安心して。NTR《寝取り》は地雷シチュなの」

「ね、ねっとり……ってなに？」

「頼むからうちの子に変な単語を教えないでくれるかな」

「私のお姉ちゃんでもあるのに。あっ、そうだ」

そこで、朔夜がぽんっと手を叩《たた》く。

「お義兄様、今度のお休みにうちへ遊びに来たら？」

「へ」

「えっ⁉」

直哉だけでなく、小雪までもが声を上げてしまう。

まさに青天の霹靂《へきれき》だった。

ぽかんとするふたりを前にして、朔夜は相変わらずの平板な声で続けた。

「私、こう見えてお菓子作りが得意なの。うちに遊びにきてくれたらたくさんご馳走《ちそう》してあげる。そのあとはいくらでもお姉ちゃんとイチャイチャしていいから。どう？」

「いやまあ、魅力的なお誘いだけど……」

直哉はたじろぐしかない。

先日、小雪の家には行ったものの、玄関まで入ってすぐに帰った。急な訪問だったし、家の人がいないところに上がり込むのは悪いと思ったからだ。

正式な招待ともなれば、すぐにでも飛びつきたくなるくらい魅力的なお誘いだ。

だがしかし、その前に重大な問題があった。小雪の気持ちだ。

「白金さんは……どう？」

「えっ……⁉」

「俺、君の家に遊びに行ってもいいかな?」

好きな子の家に行くなんて、心臓がいくつあっても足りないイベントだ。

ならば小雪にとってもドキドキするイベントに違いない。

小雪はおどおどしつつも、上目遣《うわめづか》いでぽつりと尋ねる。

「え、えっちなこと、しない……?」

「しません」

「ほっ……」

直哉が即答すると、小雪はあからさまに胸を撫で下ろしてみせた。

この前、桐彦の家でふたりきりになってから、妙に意識しすぎるところがある。

なので直哉は改めて彼女に向き直り、まっすぐ続けるのだ。

「俺はその、好きな子には真正面から好意を伝えてグイグイいくタイプだけど……そういうのは、じっくり段階を踏んでいきたいと思っているから」

「ほんとに……?」

「うん。嫌がるようなことはしないって約束する」

健全な男子高校生なので、好きな子とどうこうしたいという欲求は、当然持っている。

だが、相手の意思をちゃんと確認せずに手を出すような男でもない。好きな子だから大事にしたい。当たり前のことである。

しかし一方で、朔夜が「えー」と不服そうな声を上げるのだ。

「そういうのも含めて、もっとグイグイいけばいいのに。今さら草食系を気取らないで欲しい」

「なんだよその反応は。白金さんに『男と二人っきりになるな』って言ったのは朔夜ちゃんだろ」

「もちろん言った」

朔夜は無表情のままうなずく。

キランと目を光らせて言うことには――。

「そういうのはふたりきりのときじゃなく、私がそばにいるときにしてほしいから。恥ずかしがるお姉ちゃんをこの目に焼き付けたいの」

「そういう意味かよ⁉　そんな高度なプレイ絶対にやらねーからな！」

「そんな……私はただ、推しカプのスケベが見たいだけなのに」

可愛《かわい》くしょんぼりしつつ、邪悪なことを言ってのける朔夜だった。

小雪は「おし……べ？」と小首をかしげている。ＮＴＲに引き続き意味が理解できていないらしく、直哉は心底ホッとした。

ともかく小雪はごほんと咳払《せきばら》いをして、改めて切り出す。

「えっと……そういうことならいいわよ。家に……来てもらっても」

「あ、ああ。ありがとう」

小雪の緊張が伝わって、直哉もまた少し固くなりながらうなずいた。

かくして好きな子の家にお邪魔するという超重大ミッションが発生したのだった。

(白金さんの家か……あっ、部屋に入れてもらえたりしたらどうしよう)

まだ見ぬ小雪の自室を、直哉はぼんやりと想像する。

ぬいぐるみがたくさん飾られていたり、いい匂《にお》いがしたりするのだろうか。

きっと小雪は布団《ふとん》よりベッド派だろう。そこに腰掛けた小雪の隣に、直哉もそっと腰を下ろす。

頬《ほお》を赤らめ、ぽやんとした彼女の肩に手を置いて、そっとベッドに押し……。

(だから！　そういうことはしないって約束したばっかりだろ⁉)

そこで慌ててかぶりを振って、煩悩を素早く追い払った。

先日の一件から妙に意識してしまっているのは直哉も同じらしい。

「それじゃ土曜でいい？　たくさん作るから、お姉ちゃんも手伝ってね」

「仕方ないわね。ママにも言っておかないと……あ」

ドギマギする直哉をよそに相談しあっていた白金姉妹《しまい》だが、不意に小雪がはっとする。

そうして渋い顔で言うことには――。

「……たぶん今週のお休み、パパがいるわよね？」

「あー……」

それに朔夜が、ひどく残念そうな相槌《あいづち》を打った。

直哉は首をかしげるしかない。

「お父さんがどうかしたのか？」

「うーん……うちのパパはね、なんて言えばいいのか……」

小雪はしばしうーんと悩んでから、ざっくりと結論付ける。

「親バカならぬ、ただのバカなの」

「超弩級《ちょうどきゅう》の過保護ともいう」

「は、はあ……」

姉妹が揃って渋い顔をするので、直哉もおもわず居住まいを正してしまう。

ふたりが——特に姉について過保護な朔夜が自分のことを棚に上げてそう言うのなら、よっぽどなのだろうと見当がついたからだ。

「うちのパパはね、海外旅行中のママにひと目惚《ぼ》れしちゃった人なの。それで猛アタックして、ママを追いかけて日本に移り住んじゃったんだから」

「え、ひょっとして白金さんたちのお父さんって外国の人？」

「そう。でも今は日本人。帰化してママに婿入りしたの」

「なんだかそれって映画みたいだな……」

「今でも夫婦ラブラブよ。娘の私たちが見てもどうかと思うくらいにはね」

そんなわけで、ふたりの父親は妻と娘たちをこれでもかというほど溺愛しているのだという。

家族のアルバムは書斎の棚ひとつを埋め尽くすくらいの分量があるし、酒に酔った夜はまだ見ぬ娘たちの結婚相手に呪詛《じゅそ》を漏《も》らすのが常らしい。

最近は仕事が多忙を極《きわ》めていて、国内外を飛び回り、家を空けることも多い。

そのせいでますます家族への愛着は深まるばかりだという。

直哉の顔をじーっと見つめ、朔夜が顎《あご》を撫でて唸《うな》る。

「お姉ちゃんの彼氏とか、八つ裂きにされてもおかしくないかも」

「い、いや……彼氏でもなんでもない、けど……うん。たしかにマズいかもしれないわね……」

小雪もまた難しい顔で冷や汗を浮かべる。

そうして、申し訳なさそうな目を直哉に向けた。

「どうする？　来週ならパパも出張中だから、来てもらっても大丈夫だと思うんだけど」

「……いや」

それに、直哉は首を振る。

溺愛する娘に手を出そうとする男に対して、彼女の父親が快く思うはずはない。

だがしかし、どのみちいずれは対面する相手だ。ここで逃げるわけにはいかなかった。

「せっかくだし、ちゃんと挨拶《あいさつ》しておきたいかな」

「………そう」

小雪はほっとしたように表情をゆるめてみせた。

なんだかんだと言っても、直哉が家に来ることを楽しみにしてくれているらしい。それを見ると、ますます使命感に燃えた。

そんな直哉の覚悟に気付かず、小雪は鼻歌でも奏《かな》でそうな上機嫌でお弁当を食べ進める。

「そこまで言うのなら来てもらおうかしら。ふふふ、うちのパパにコテンパンにされたら、ちょっとは慰めてあげてもいいんだからね」

「え、マジ？　だったら尚更《なおさら》楽しみになってきたんだけど。具体的にどう慰めてくれる？」

「えっ……え、えーっと……頭を撫でたり、とか……？」

「オッケー。全力でコテンパンにされるわ」

「はわ……推しカプが目の前でイチャついてる……最高……これは捗《はかど》る……」

朔夜は無表情のまま、携帯カメラでぱしゃぱしゃと記録を残したのだった。


かくしてその週の土曜日。

休日のゆったりした空気が流れる駅に、直哉は降り立った。

まだ午前の早い時間だったので、喫茶店《きっさてん》やコンビニ以外に店はほとんど開いていない。それでも住宅街からほど近いためか、人通りはそこそこ多かった。

広いロータリーでは、バスを待つ人たちがいくつもの列を作っている。

「うわー……ついに着いちゃったな」

直哉は落ち着きなく、あたりをキョロキョロと見回す。

ここは、白金邸への最寄り駅だ。一度小雪を送るために来たことがあるものの、今日は緊張のためか見知らぬ外国を訪れたような心地になってしまう。

「うう、緊張してきた……手土産もこんなのだし、本当にいいのかなあ……」

提《さ》げた保冷バッグには大きめの容器が入っている。

中身は筑前煮《ちくぜんに》や、里芋の煮っ転がしといった茶色いおかずたちだ。

『うちのパパは和食が好物なの。気に入られたいっていうのなら、作って持ってきたらどうかしら』

『ええ……こういうときって菓子折りがセオリーだろ』

『いいから作ってきて。この前は笹原くんのお料理を食べ損ねちゃったし……あ、ちなみにパパは筑前煮が大好きだからよろしくね。ニンジンがとろけるくらい、くったくたに煮てちょうだい』

『パパさんへの賄賂っていうより、白金さんが食べたいだけなんじゃ……』

外国人のパパさんが筑前煮を果たして喜ぶだろうか。

好きな子の希望は無視できないので言われるままに作ってきたが……やっぱり、このチョイスはどうかと思った。直哉はため息をこぼして空を見上げる。

「白金さんのお父さん……仲良くできたらいいんだけどなあ」

小雪の父親からしてみれば、直哉は可愛がっている娘についた悪い虫だ。

おそらく最初から心証は最悪だろう。そこからどう距離を詰めていくかが問題だった。

あらゆるシミュレーションを脳内で展開して……そこでふと気付き、自嘲《じちょう》気味な笑みが口の端に浮かんだ。

「俺が人間関係に悩むとはなあ……前までだったら、面倒だって全部ぶん投げてたはずなのに」

人の感情が見えすぎてしまうせいで、これまでの直哉は最低限の人付き合いをキープすることだけに徹してきた。

それが今では、自分を快く思わないであろう人物とどう接していくか悩んでいる。

ほんの少し前までの直哉からしてみれば、考えられないような変化だった。

「白金さんだけじゃなく……俺も知らない間に変わってたんだな」

恋は人を変える。

使い古された言葉だが、今の直哉には胸にすとんと落ちるものがあった。

「うん。なんかいいな、こういうのも……うん？」

なんだかしみじみと浸っていると、どこからともなく声が聞こえた。

人通りの多い駅前なので、当然いくつもの話し声がする。

それなのに耳に届いたそれがやけに気になってあたりを見回すと――。

「ええー。ちょっとくらいいいじゃないですかー、おじ様ぁ♡」

「あたしらとお茶しましょーよー♡」

「き、君たちやめたまえ……！　私には愛する妻と子供がいるんだ！」

駅前広場の隅。

そこでは身なりのいい紳士が、女子大生らしきふたり組に逆ナンされていた。

どちらも髪を染めていて化粧もばっちり。流行《はや》りの服に身を包み、いかにも遊んでいますといった風貌《ふうぼう》だ。

一方、紳士の方は身持ちの堅そうな出《い》で立ちだった。

直哉の方からでは彼の後ろ姿しか見えないが、帽子を目深《まぶか》にかぶり、薄手のジャケットを羽織《はお》っている。背丈も高く、どこか日本人離れした空気をまとう人物だった。

そんな紳士に、女性たちはグイグイ迫る。

ふたりの目は獲物を狙《ねら》う肉食獣のそれだった。

紳士は彼女らに強く出ることができないのか、たじたじになるばかりで完全に押されていた。

(なんか、どっかで見た光景だな……)

先日、小雪や朔夜をナンパから助けた光景が脳裏《のうり》をよぎる。

あのときは男女逆ではあったものの……こちらも困っているのに変わりはなさそうだ。

だから直哉は小さく深呼吸してから、満面の笑みを作って彼らの元まで歩いていった。

「遅れてすみません、おじさん！」

「は……？」

なるべく元気よく声をかけると、紳士がきょとんと目を丸くして振り返る。

彫りが深く、目も青い。やはり外国人のようだった。

彼の戸惑いがありありと伝わってくるが、直哉はにこやかに続ける。

「いやー、電車を一本乗り逃しちゃって。お待たせして申し訳ないです。さ、早く行きましょ」

「き、きみは……?」

「うちのおじさんがすみませんね。それじゃ失礼します」

男性の手をぐっと摑《つか》み、その場から立ち去ろうとする。

だがしかし、その行く手を女性たちが素早く遮《さえぎ》った。

ふたりは新たな獲物をじろじろと検分し……ますます目を輝かせてみせた。どうやらお眼鏡《めがね》にかなってしまったらしい。

「へー、きみもけっこう可愛いじゃん。高校生?」

「よかったらおじさんと一緒にあたしらと遊ばなーい?」

「えーっと、遠慮しときます。俺、好きな子がいるんで」

「そんな堅いこと言わずにさあ。この子だって彼氏がいるのに遊んでるんだよ?」

「そーそー。今を楽しく生きなきゃ損だよ」

女子大生ふたりは意にも介さない。

わりとけっこうな美人ではあるのだが……あいにく、直哉の守備範囲は小雪ただひとりだ。

（うーん、どうすっかなあ。あ、そうだ）

この場を切り抜ける策を思案したところ、ふと気付くことがあった。

ちょっと強硬手段ではあるものの、背に腹は代えられない。

直哉は髪色が特に明るい方へ、にこやかに話しかける。

「それよりお姉さん」

「あら？　なにかしら」

「たぶんなんですけど……隣の人、お姉さんの彼氏のこと狙ってますよ？」

「……はあ？」

「なっ……⁉」

突然なにを言い出すんだこいつは、といった反応だった。

だが、隣のもう片方はギョッとして見るもわかりやすくうろたえはじめる。

「ど、どうしてそれを⁉　ひょっとしてこの前デートしたとこ見られたとか……⁉」

「はあ⁉　あんた、ちょっとそれどういうことよ⁉」

「ふんだ！　トモくんがいるっていうのにビッチなあんたが悪いのよ！」

「ビッチはあんたもでしょーが⁉　ふざけんな！」

かくしてドロッドロの修羅場《しゅらば》が無事に幕を開けた。

「そんじゃ俺たちは失礼しますねー」

「き、きみはいったい……」

勝敗を見届けることもなく、直哉は紳士の手を引いて、笑顔でその場を離れるのだった。

少し離れた場所まで移動すると、ようやく彼は人心地ついたらしい。

ほう……とため息をこぼし、直哉に深々と頭を下げてみせた。

「いやはや助かった。しかし今のはどういうカラクリだ？　当てずっぽうにしてはずいぶん鋭い推理だったようだが」

「推理だなんて。そんな大したことじゃないですよ。ちょっと人より勘がいいっていうか、なんていうか……あはは」

女性のひとりがもう片方に、小馬鹿《こばか》にするような目を向けているのに気付いて、カマをかけてみただけだ。思った以上に綺麗《きれい》に図星を突けたらしい。

（それより、このおじさん……初めて会った気がしないよな？）

直哉は改めて、紳士の顔をまじまじと見てしまう。

年齢は三十……いや四十代くらいだろうか。彫りの深い顔立ちに青い瞳《ひとみ》。明らかに外国の男性だが、日本語が堪能なため、こちらに来て長いことが察せられる。

間違いなく初めて見る顔だ。だが、けっして赤の他人とは思えなかった。

うっすらと確信めいたものを抱きつつ、直哉はぎこちない笑顔で片手を上げる。

「そ、そんじゃ俺はこれで――」

「待ってくれ！」

踵《きびす》を返そうとしたところ、紳士が直哉の手を勢いよく摑んだ。

おそるおそる振り返ってみれば、縋《すが》るような眼差しとかち合った。

「ぜひとも礼をさせてはくれまいか。このあと時間はあるかな？　お茶でもご馳走させてくれ」

「い、いやいや、そんなの悪いですよ！　困ったときはお互い様ですから」

「なんと……今時、きみのような慎《つつ》ましい若者がいるのだな」

紳士は感極《かんきわ》まったように小声でこぼし、恭《うやうや》しく帽子を脱ぐ。

その下から現れ出でたのは――透き通るような銀の髪だった。

彼は直哉にキラキラした笑顔を向けて言う。

「頼む。恩を返せずじまいとあっては、悔やんでも悔やみきれない。ぜひとも私に、きみの時間を分けてくれないか」

「はあ……」

ここまで言われては、無下にする方が悪い気がした。

約束の時間よりかなり早く着いたので、紳士とお茶するくらいの時間は当然ある。

だがしかし、重大な問題がひとつ。

（この人…………絶対に白金さんのお父さんだよな!?　娘の彼氏候補をひと足先に偵察しに来た感じの!?）

今日び、外国人など珍しくもなんともない。

単に髪と目の色だけで小雪の父親と断じるのは早計かもしれないが……直哉の直感が、間違いなく彼こそがそうだと断じていた。

（えっ、これって俺から名乗るべき？　でもどうやって切り出す……？　下手したら不気味がられるぞ、間違いなく……）

しかし結論を出す前に、紳士にグイグイと手を引かれてしまう。

「そうと決まれば早く行こうじゃないか。あっちに私の行きつけの喫茶店があるんだ」

「は、はい……」

結局直哉は名乗ることもできず、彼とともに個人経営の喫茶店に入ることとなった。

連れられた店は駅前通りに面しており、昔ながらの喫茶店だった。

こぢんまりとした店内には落ち着いたクラシック曲が流れ、客たちはモーニングを食べたり新聞を読んだり、思い思いの時間を過ごしている。

休日の朝ではあるものの、ここは特にゆるやかな空気が流れているように感じられた。

ボックス席に向かい合って座ると、紳士はにこやかに話しかけてくる。

「どうだろう、私の行きつけなんだ」

「あ、はい。あんまりこういうお店には馴染《なじ》みがないんですけど……いいところですね」

「そうかそうか、きみはわかる男だなあ」

直哉の返答に、彼はますます笑みを深めてみせた。

逆ナンから救い出してからずっと機嫌が良さそうで、目尻に浮かんだ笑い皺《じわ》は消えそうもない。

それに直哉は愛想笑いを浮かべながら、内心では頭を抱えていた。

（ど、どうする……？　いやでも、白金さんのお父さんだって、まだ決まったわけじゃないし……）

九十九パーセント確定だが、まだ残り一パーセントの希望が残っている。

彼が小雪のお父さんだと確定するまでは、直哉も下手なことが言えない。

そもそも小雪と朔夜をナンパから助け、さらにそのお父さんまで逆ナンから助けるなど……二度あることは三度あると言っても、これはさすがに限度がある。

（そう考えないと胃が死ぬ……）

なにをまかり間違えば、好きな子のお父さんと一対一でお茶することになるのだろう。

そんな運命の悪戯《いたずら》は全力で遠慮したかった。

ダラダラ冷や汗を流す直哉だが、紳士はまったく気付くそぶりもない。満面の笑みでメニューを手渡してくる。

「さあ、ここはケーキがどれも絶品なんだ。なんでも好きなものを頼んでくれたまえ」

「あ、ありがとうございます。いやでも、おと……いや、おじさん」

「む、なんだね？」

「連れてきていただいてなんですけど……おじさんはこの後の予定とか大丈夫なんですか？」

「……なに、予定などないに等しいから問題はないよ」

そこで紳士は初めて渋面を作ってみせた。

二人分のケーキセットを注文してから、彼はテーブルの上で十指を組んで重々しく口を開く。

「実は今日……娘のボーイフレンドが家に遊びにくるらしくてな」

「………はあ」

「いったいどんな男か、一足先に駅まで確かめにきたんだ。顔も知らないが……娘と同じ年だというし、ちょうどきみくらいの少年だろう。偵察しようと思ってな」

「た、大変ですね……」

「いや、これくらいの苦労はなんでもない。可愛い娘のためだからな！」

紳士は熱っぽく語り、運ばれてきたコーヒーに口をつける。

間違いない。小雪の父だ。

一パーセントの希望は潰《つい》え、かろうじて付けていた（仮）マークが一瞬で吹き飛んだ。

（あー……この瞬間だけでも、ラノベでよくある鈍感主人公になりたい……）

それなら真実に気付くこともなく、呑気《のんき》にケーキが食べられたのに。

すこし現実逃避してしまうが、すぐに思考を切り替える。

（えぇい、気付いてしまったものは仕方ない。ともかくこのエンカウントは非常にまずいぞ……）


直哉は人の心の内が、おおまかに分かる。

それは喜怒哀楽の感情だけでなく、直哉に対する好感度も読み取れるということだ。

直哉にベタ惚れの小雪――本人は真っ赤になって即座に否定とも肯定ともつかないことをしどろもどろで叫ぶだろうが――の好感度数値を、仮に百とする。

そうすると、結衣《ゆい》や巽《たつみ》といった親しい友人たちは七十前後といったところだ。

直哉に興味がないと限りなくゼロに近くなる。

そして、目の前の紳士が直哉に対して抱く好感度は……。

「む、私の顔に何かついているかね？」

じーっと顔を見つめたせいで、彼はきょとんと目を丸くした。

「あっ、いや……おじさん、外国の人ですよね？　かっこいいなあ、と思いまして」

「はは、こんな中年を捕まえて嬉《うれ》しいことを言ってくれるじゃないか」

紳士は笑みを深めてから、直哉をまっすぐに見据える。

「だが、本当にかっこいい男というのはだね、他人の窮地にいち早く気付き、手を差し伸べることのできる者を言うものだ。まさに、きみのような男だな」

「お、大袈裟《おおげさ》ですよ。あれくらい誰《だれ》でもやりますって」

「なにを言う。謙虚は美徳だが、きみの場合はそれが過ぎるようだな。褒め言葉は素直に受け止めなさい」

「はあ……」

にこやかに語る紳士が直截に抱く好感度。

数値にすると――およそ七十五。

そこそこ……いや、初対面にしてはかなり高いものだった。

（まずくないか⁉　これって正体を隠したまま、お父さんに媚《こ》びを売ってるようなもんだけど⁉）

気に入ってもらえるのはとても嬉しい。

だが、これはフェアじゃないような気がした。

（よし……言おう。正直に。娘さんと仲良くさせていただいております、って）

直截は決意を固めるのだが、少し不安になってひとつ問いかけてみる。

「で、でも、それで娘さんのボーイフレンドが見つかったら、どうするつもりだったんですか？」

「ふっ……それはもちろん決まっているとも」

紳士はすっと目を細めてみせる。

整った顔立ちのため、そうすると歴戦の勇士のような気迫が満ちた。

娘に近付くなと釘《くぎ》を刺す？

それとも有無を言わせず追い返す？

どう考えても、頑固オヤジのビジョンしか見えなかった。

ますます冷や汗を流す直哉だが、次の瞬間、紳士は盛大なため息とともに顔を覆《おお》って項垂《うなだ》れてしまう。

「…………たぶん、全力で逃げるだろうな」

「逃げるんすか⁉　なんで⁉」

「だって仕方ないだろう！　娘のボーイフレンドなんて、どんな顔をして会えばいいかわからないじゃないか！」

「は、はあ……」

半泣きの紳士を前に、直哉はうろたえるしかない。

グイグイ攻勢で仕掛けていくと見せかけて、土壇場で怖じ気付く。どこかで見たような光景だった。

（ものすごく、白金さんとの血のつながりを感じるな……）

ちょっと失礼なことを思いつつも、直哉はおくびにも出さなかった。

少しだけ緊張がゆるんだので、運ばれてきたショートケーキに手を付ける。少しずつ切り崩しながら、苦笑いで相槌を打った。

「ちょっと意外です。おじさんのその口ぶりだから、てっきり追い返す気満々なのかと……」

「もちろんそれも一つの手だ……！　可愛い娘に悪い虫がついてはかなわんからな！　だ

が……それだけはできない」

紳士はそこで一瞬だけ勢いづいたものの、すぐにまたしゅんっと肩を落としてしまう。

「娘はそのボーイフレンドが来るのをひどく楽しみにしているらしいんだ。今朝《けさ》も早くから家の掃除をしたり、朔夜……妹とクッキーを焼いたりと、もてなす準備に追われているしな」

「へ、へえー……」

直哉はニヤつきそうになるのをグッと堪えた。

昨日、学校からの帰り道で小雪は『あんまりおもてなしには期待しないでちょうだいね。お菓子を食べたらすぐ帰ってもいいのよ』なんてつんと澄ました調子で言っていた。

もちろん、それを鵜呑《うの》みにしていたわけではないが……どうやら直哉が思っていた以上に歓迎してくれるつもりらしい。

思わぬ事実が明らかになって胸が高鳴った。

しかし、紳士がため息交じりにこぼした台詞《せりふ》が、その鼓動を打ち消した。

「それに……娘が家に誰かを呼ぶなんて久々でね。そういう意味でも、ますます水を差すわけにいかないんだ」

「……そうなんですか」

「ああ。あの子も小学校くらいのころは、まだ友達がいたようなんだが……あるときぱったり誰とも遊ばなくなってねえ。それからはずっと家でひとり本ばかり読んでいるような子だった」

それは中学になっても、高校になっても変わらず。

外で友達と遊んでいる様子もなく、かなり心配していたのだと紳士はぽつぽつと打ち明けた。

「だがね……そんなあの子が変わったんだ。最近は毎日楽しそうに学校に行くし、帰りに寄り道したり、休日もどこかに出かけたりするし……きっとそのボーイフレンドのおかげだろう」

彼はコーヒーカップに目を落としたまま、静かな声を絞り出す。

寂《さび》しさと安堵《あんど》が入り交じった複雑な思いが、直哉にはありありと読み取れた。

コーヒーを少しすすって、紳士は苦しそうに口を開く。

「うちの娘が認めるほどの逸材だ。そのボーイフレンドはよほど器の大きな少年に違いないと、頭では理解できているんだが……うん」

「顔を合わせる勇気がない、と……」

「そのとおりだ」

「あ、あはは……素直っすね」

やけに力強くうなずかれてしまった。

直哉は曖昧《あいまい》な返事をするしかない。

(俺がそのボーイフレンドだって知ったら……ひっくり返るんじゃないか、この人)

今後の付き合いもあるし、それだけはなんとしてでも避けたかった。

ゆえに、直哉は口をつぐむしかない。ただし、なるべく早めに言った方がいいのは明白だった。

（いやでもタイミングってものがさあ……）

冷や汗をかきすぎて、もう背中はべったり濡《ぬ》れている。

一方で紳士は洗いざらいの胸の内を打ち明けたおかげか、かなり晴れ晴れした顔だった。

彼は苦笑しつつ、小さく頭を下げてみせる。

「ぶっちゃけてしまうとだね、きみをこうして誘ったのはお礼がしたかったのと……話を聞いてもらいたかったからなんだ。付き合わせて本当にすまなかった」

「い、いえいえ！　これも何かの縁です！　俺で良ければなんでも話を聞きますよ！」

「きみは……なんと優しい少年なんだ」

紳士がぱあっと顔を綻《ほころ》ばせる。

その瞬間、好感度が七十五から八十に跳ね上がった。

これが恋愛シミュレーションゲームだったら『ピロリン♪』とかなんとか軽快なＳＥが鳴ったことだろう。

（俺、マジでなにやってんの⁉　好きな子のお父さんを攻略してどうするよ⁉）

引きつった笑顔を作りつつ、直哉は内心で絶叫した。

コーヒーカップを持つ手がガタガタ震える。

そんな直哉を見て何を思ったのか、紳士は気遣わしげに眉を寄せてみせた。

「それよりきみの方こそ予定は大丈夫なのかね。無理を言って連れてきた私が言うのもなんだ

ている。

時間があるのは本当だ。あと一時間後くらいに、小雪が駅まで迎えに来てくれることになっ

直哉は慌てて時計を見る。

「あ、ああ。大丈夫です。まだ時間があるので」

が……」

筑前煮などを詰めたバッグには保冷剤をたくさん詰め込んでいるし、傷む心配もない。

ただ、直哉のメンタルが持つかどうかだけが心配だった。

(あれ、待てよ……話題が俺のことに変わったのはチャンスじゃないか……?)

先ほどからずっと、こちらから真実を打ち明けるタイミングばかりを探っていた。

それを逆に……ヒントを出しまくって、向こうに気付いてもらう作戦に出てはどうだろう。

一抹の希望をこめて、直哉はおずおずと口を開く。

「実はその……俺もこれから、好きな女の子の家にお呼ばれしてるんですよね」

「ほう」

紳士は片眉を上げて、チーズケーキにフォークを突き立てる。

「それはなんとも奇遇な話だな」

「……そっすね」

ケーキを口へと運ぶその上品な所作には、一切の乱れがない。

目論見《もくろみ》が完全に外れ、直哉はがっくり肩を落とす。どうやらそう簡単に気付いてはくれないらしい。一方で紳士は少し伏し目がちに、ぽつりとこぼす。

「やはりその……きみも緊張しているのかね？」

「そ、そりゃもう。今めちゃくちゃビビってます」

話を合わせたわけではなく、それは紛《まぎ》れもない直哉の本音だった。

だから、直哉は紳士の気持ちがとてもよくわかるのだ。

「でも……ここで逃げてちゃ、何も始まりませんから。後ろ暗いことはないんだし、ちゃんとその子のご両親に会うつもりなんです」

「だが、その子のご両親……特に父親の方はいい顔をしないかもしれないぞ」

「そのときはそのときです。何度も会って、話をして、じっくり俺のことをわかってもらうつもりです」

「なんとまあ……きみは肝《きも》が据わっているな」

紳士は苦笑し、残ったコーヒーを飲み干した。

空になったカップに目を落とし……ため息混じりにこぼす。

「しかし……きみの言うことも一理あるな。私も腹を括《くく》るとするよ」

「じゃ、じゃあ……」

「ああ。娘のボーイフレンドとやらに……会ってみようと思う」

紳士は真面目《まじめ》な顔で重々しくうなずいてみせた。

どこか緊張がにじむ表情ではあるものの、少し吹っ切れたようだった。

いたずらっぽいウィンクもずいぶん様になっている。

「なにしろきみは私の恩人だからな。その恩人が一大勝負に出るというのだから、私も臆病《おくびょう》風に吹かれてばかりはいられないだろう」

「ははは……そ、そんな大袈裟な」

直哉は苦笑し、居住まいを正す。

もう会話は終盤だ。

真実を話すなら、今しかないと思った。

「それじゃ、あの……俺、おじさんに改めて言わなきゃいけないことがあるんですけど」

「む、なんだね。ケーキのおかわりか？」

「いえ。もっと深刻な問題というか……」

大きく息を吸い、覚悟を決める。

しかしそれより先に――。

「実は俺……！　おじさんの――」

「やっぱりここにいたわね⁉」

「む、ぎゅっ⁉」

喫茶店の静かな空気を、突如として怒声が切り裂いた。

おかげで直哉は舌を噛《か》んでしまう。

痛みにもだえ苦しんでいる間に、入り口から現れた人影がツカツカと近付いてきた。

もちろん小雪である。

今日も私服だが、前回のデートのときに着ていた服ではなく、黒いワンピース姿だ。透け感のある生地で小さな花がちりばめられており、落ち着いた印象を与える。髪飾りも花の形で、春らしい出で立ちだ。

(あっ、前の服とはまた違う感じだけど、こっちも可愛いな……)

痛みと尊さで、直哉はすっかり言葉を失ってしまう。

一方で、紳士は飛び上がらんばかりに驚いた。

「ぐっ……小雪⁉　なぜここに!」

「ママに頼まれたのよ、怖じ気《お》付《け》いたパパを回収してくるようにって。どうせいつもの店にいるだろうって言ってたけど、見事に的中したわね」

「さ、さすがは美空《みそら》さんだな……いやしかし、少しばかり待ってくれないか」

気まずそうに顔をしかめ、紳士は直哉を指し示す。

「今、この少年と大事な話をしているところなんだ」

「……はあ?」

「説明は省くが、彼に困っているところを助けてもらってな。なかなか人間のできた少年だぞ。おまえのボーイフレンドとやらに爪《つめ》の垢《あか》を煎じて飲ませてやりたいくらいだ」

「パパってば、いったいなにを言ってるわけ……？」

にこやかな紳士に、小雪は首をかしげてみせる。

「そのボーイフレンドが、そこの笹原くんなんだけど？」

「は……？」

「……どうもお世話になっております」

目を丸くする紳士に、直哉はテーブルに額をこすりつけて挨拶した。


そして、その十分後。

「……改めて、自己紹介させていただこう」

「はい……」

直哉は白金邸のリビングで、件《くだん》の紳士と向かい合って座っていた。

前回は玄関までしか足を踏み入れなかったが、奥は予想通り……いや、予想以上の豪邸だった。天井《てんじょう》は高く、壁にはおしゃれな絵画が飾られている。ソファーもふかふかで、ここで昼寝できたらさぞかしぐっすり眠れることだろう。

だがしかし、その居心地の良さを堪能する心の余裕は、今の直哉にはなかった。

「私の名は白金・K・ハワード。白金は妻方の姓だ」

「さ、笹原直哉です……」

直哉は恐縮しきって頭を下げるしかない。

紳士――ハワードの後方では、小雪と朔夜がこそこそと顔を見合わせていた。

「パパとお義兄様、一緒にお茶してたっていうけど、もう仲良くなったの？」

「それがよくわからないのよねえ……助けてもらったとかなんとか」

どうやらふたりとも事態が飲み込めていないらしい。

直哉は直哉で、緊張でまともにハワードの顔を見ることができずにいた。

おかげで感情もまともに読めないが……読むまでもなかった。

（やばい……！　これは絶対怒ってるって！）

そう確信すると同時に、直哉はガバッと頭を下げてみせた。

「すみません、おじさん！　最初から気付いてはいたんですけど、なかなか言い出せなくて――」

「きみにおじさんと呼ばれる筋合いはない！」

ホームドラマのような台詞を、ハワードはぴしゃりと叫ぶ。

直哉はびくりと肩をすくめるのだが……彼は続けてこう言った。

「おじさんではなく……お義父《とう》さんと呼びなさい！」

「で、ですよね、すみま…………うん？」

違和感を覚え、直哉はゆっくりと顔を上げる。

そしておそるおそる口を開いた。

「お、お義父さん……？」

「そう、それでいい」

「いいんですか⁉」

満足げにうなずくハワードにおもわず叫んでしまった。

朔夜が義兄と呼ぶのとは、わけが違う……と思う。

目を白黒させる直哉を前にして、ハワードは相好を崩してみせる。

そこにはやや苦々しいものが残るものの、好感度は喫茶店から据え置きの八十だ。

「私があんな話を打ち明けては、きみが言い出せないのも無理はない。本当にすまなかったな」

「い、いえ。俺の方こそ、生意気な口利《き》いちゃって……」

「なにを言うか！　その年でしっかり自分の意見を言えるのは立派な長所だ！　きみが謝ることはない！」

「え、なんなの、この状況は」

「分かるわけがない」

小雪と朔夜は首をかしげるばかり。

そんななか、ハワードはじっと直哉を見据えてくる。

「実は喫茶店できみと話していて、ずっとこう思っていたんだ。『きみのような少年が小雪のボーイフレンドならどんなにいいか』……と」

「お義父さん……」

「きみになら安心して小雪を任せられる。だが……その前にいくつか聞きたいことがある」

「は、はい。なんでしょうか」

直哉はごくりと喉を鳴らして背筋を伸ばす。

まるで面接だ。どんな質問が飛んでくるのか、ヒヤヒヤしていたが……ハワードが放ったのは予想外のものだった。

「失礼ながら、きみの家族構成を聞かせてもらってもいいだろうか」

「へ？　えっと、父と母と……田舎《いなか》にじいちゃんばあちゃんがいるくらいですね」

「つまりひとりっ子というわけだな」

彼は神妙な顔で顎を撫でて――。

「……婿に入ってもらうのはさすがに難しいか」

「待って待って、ほんとに待ってください」

何段飛ばしにもほどがあった。

うろたえる直哉だが、ハワードは真面目な顔でビシッと続ける。

「では婿入りは諦《あきら》めよう！　そのかわり、結婚後はこの家で同居、もしくはこの近くに住むことを約束してもらおうじゃないか！　そうでなければ小雪との結婚は認めんからな！」

「なっ……さっきからなんの話をしてるのよパパ⁉」

「小雪は黙っていなさい！　これは男同士の話し合いなんだ！」

そこだけ聞くと典型的な頑固オヤジだ。

ただし、実際の好感度はこうしている間にもじわじわ上がっていっているのが直哉には手に取るようにわかった。

(気に入ってもらえるのは嬉しいけど……かっ飛びすぎじゃね⁉)

そうは思うが突っ込めない。

突っ走るハワードの目が、獲物を前にした猛獣のようにギラギラ輝いていたからだ。

「それで？　いい加減に返事を聞かせてもらおうか、ササハラくん」

「いやあの……卒業後の進路もまだわかりませんし、そんなこと軽率に約束するわけにはいきませんよ……」

「むう……どこまでも真面目な男だなあ、きみは！」

なぜか、ハワードの好感度がまた上がった。

現在の数値は九十。小雪の百に、あと少しで届きそうだ。

将を射んと欲すればまず馬を射よ、と昔の人は言ったらしいが……好きな子のお父さんを骨抜きにするのは自分でもどうかと思った。

「ちょっといいかしら～、笹原くん」

そこでキッチンの方から、女性がひょっこりと顔をのぞかせる。

おっとりとした印象の小柄な人だ。ずいぶん若く見えるが、小雪たちのお母さんらしい。先ほど挨拶は済んでいて、手土産も渡してあった。

彼女は苦笑を浮かべつつ、直哉の持ってきた容器を持ち上げる。

「うちの人の相手をしてもらって悪いわねえ。ところでこのお料理、お昼にいただいてもいいかしら」

「あ、はい。どうぞ。お口に合うかはわかりませんが」

「とんでもないわよ～。さっき味見したけど、すっごく美味《おい》しい筑前煮だったもの」

「なに、チクゼンニだと……!?」

そこでハワードの眉がぴくりと動く。

その気迫に身構える直哉だが……彼は身を乗り出して直哉の手をがしっと握った。

「私が美空さんに初めて作ってもらった日本料理じゃないか……！　きみもあれを作れるというのか！　素晴らしい！　やはり私の義理の息子になる運命だったのだな！」

「えええ……」

ついに好感度は九十九に届き、架空のファンファーレが脳内で高らかに鳴り響いた。

好きな子のお父さん、完全クリアである。

恋愛ゲームであればここで感動的なスチルが挟まるものだが……残念ながらこれは現実で、ハワードは満面の笑みで直哉の肩を叩く。

「よし、今日は夕飯もうちで食べていくといい！　心ゆくまで将来の話をしようじゃないか、息子よ！」

「はあ⁉　笹原くんは私のお客さんなのよ！　パパばっかりずるいじゃない！」

「お義兄様、クッキーどうぞ。ケーキもあるからいっぱい食べてね」

「なうー」

「いやあの、ひとりずつ喋《しゃべ》ってください」

どこからともなく目つきの悪い白い猫がやってきて、直哉の膝《ひざ》で丸くなる。

以前、写真を見せてもらった飼い猫の『すなぎも』だろう。

おずおずと撫でてみると、指先が毛に沈み込んだ。

三人が直哉を取り合い口論を始めるなか、すなぎもを無心でもふもふしていると、小雪たちの母親が目を丸くする。

「あら、うちのすーちゃんがお客様に懐くなんて珍しいわね。モテモテねえ、笹原くん」

「あはは……恐縮です」

かくして直哉は白金家をまるごと落とすことに成功したのだった。

七章　衝動

こうして直哉《なおや》は、小雪《こゆき》とゆっくりと距離を縮めていった。

ふたりでいろいろな話をして、いろいろな場所に行って、彼女のことを知れば知るほど、好きだという想《おも》いは強くなった。誰《だれ》からもあたたかく祝福されて、舞い上がっていた。

だからそれが、決定的な事態を招いた。


「今日……実はうち、両親がいないの」

「…………は？」

それはいつもの登校中、小雪がぽつりと言い出したことから始まった。

家に両親がいない。

まるでハンマーで頭を殴られたかのような衝撃に、直哉はぴしりと立ち尽くす。

数歩進んでそれに気付いたのか、小雪は慌てて振り返った。

「あっ、ち、違うからね⁉　パパとママはいないけど、朔夜《さくや》とすなぎもはいるから！」

「そ、そうだよな。うん……そうだよな……」

「二回言ったわね、この人……」

　ドン引き気味に言う小雪だった。

　少し考えれば、小雪がそんな大胆な誘いをするはずもなく、日常会話の延長だとわかったはずだ。どうやらあまりに台詞《せりふ》の破壊力が高すぎて、読心スキルが一時的にオフになってしまったらしい。

　ともあれ自分が人の真意を読み違《たが》えるなんて、つくづく不思議な気分だった。

　直哉は盛大なため息をこぼす。

「俺《おれ》も白金《しろがね》さんに似て、ポンコツになっていくってことなのかなあ……」

「は？　誰がポンコツですって？」

　そんなぼやきに、小雪がムッとしたように眉《まゆ》を寄せる。

「笹原《ささはら》くんがぼんやりしているのは元からでしょ。私に責任転嫁するのはよしてちょうだい。そもそも私はポンコツなんかじゃないわよ」

「ポンコツじゃない子は、家に招いた客に炭を出したりしないんだよなあ」

「あっ、あれはその、オーブンのタイマーを間違えて……でもあなた、その炭を美味《おい》しい美味しいって食べたでしょ！　ポンコツ舌じゃない！」

「だってあれ、俺のために作ってくれたクッキーだろ。それなら炭だろうがなんだろうが喜んで食べるに決まってるじゃん」

「……私が言うのもなんだけど、そのポリシーは早死にするわよ」

小雪は勢いを失って、もごもごとツッコミを入れた。

先日、小雪のお宅にお邪魔して歓迎されたのは記憶に新しい。

炭――もといクッキーをいただいたり、お義父《とう》さんに大いに気に入られたり、夕飯までご馳走《ちそう》になったりして、最終的にはご両親にいつでも遊びに来てくれとまで言ってもらえた。

顔見せにはまずまずの結果だったと言えるだろう。

(でもなあ……その分、ラブコメ展開は皆無だったもんなあ)

ずっとリビングでもてなしてもらったため、小雪の部屋を覗《のぞ》くことも、イチャイチャできる機会もなかった。それがちょっとした不満でもあった。

(まあ、まだ付き合ってもいないんだし、あれくらいでちょうどいいのかもしれないけど……)

正直言って、この距離感は心地いい。

改めて告白しなくても、小雪はずっと直哉のそばにいてくれるだろう。

そんな確信を抱くからこそ、そろそろしっかりとした答えをもらいたかった。

(……問題は、いつ、どこで、どうやって切り出すかだなあ)

クレープ屋で勢い余って告白しようとしたとき、小雪は狼狽《ろうばい》して逃げだそうとした。

タイミングを間違えれば、あのときの二の舞になるのは間違いないだろう。

そんなことをぼんやり考えながら、直哉は再び歩き出す。

小雪は気付きもしないのか、その隣に並んで話を続けた。

「そ、それで話は戻るんだけどね。今夜、パパとママは親戚のお通夜に行くんですって。で、私と朔夜はお留守番。だから、その……ね？」

小雪はもにょもにょと言葉を濁す。

しかし最後にはため息まじりに打ち明けてみせた。

「今夜のお夕飯、笹原くんを呼んで作ってもらったらどうか、ってママとパパが……」

「もうすでに扱いが婿じゃん」

再度言う。まだ付き合っていないはずだ。

真顔になる直哉に何を思ったのか、小雪はしゅんっと肩を落とす。

「そ、そうよね……笹原くんも急に言われたってやっぱり迷惑よね」

「えっ？　いやいや、そこは全然問題ないって」

直哉は慌てて首を横に振る。

「今日はバイトもないし、明日は休みだし。喜んで家政夫しに行くよ」

「ほんと？」

そこで小雪の顔がぱあっと輝いた。

どうやら姉妹《しまい》だけの夜が不安だったらしい。

足取りも軽く、上機嫌で直哉の顔をのぞきこんでくる。

「それじゃ今日の帰りに買い物に行きましょ。実を言うと、もう予算は預かってるのよ」

「おっけー。せっかくだし、白金さんの好きなものでも作ろうか。リクエストがあるならなるべく応《こた》えるけど」

「そうねえ……好きな食べ物、か」

小雪は長い髪をかきあげて、クールな調子で言ってのける。

「以前、フランスで食べた鴨肉《かも》とフォアグラの包み焼きかしら。トリュフが添えられていて、とっても風味が豊かだったのよ」

「嘘《うそ》つけ。カレーとかハンバーグとか、ミートボールの入ったスパゲッティとかだろ」

「さすがに嘘だってバレると思ったけど！　なんでそこまでわかるの⁉　特にカレーなんて一緒に食べたこともないわよね⁉」

目を丸くして驚く小雪だった。

以前『昨日の晩ご飯はカレーだったの！』と嬉しそうに報告してくれたのを忘れているらしい。

しょんぼりと肩を落としながら、小雪は続ける。

「うう……だって、恥ずかしいじゃない……子供みたいな好物で」

「いや、そんなの気にしなくていいと思うけどな」

「ほ、ほんとに……？」

「うん。ぬいぐるみもカレーも、なんでも好きでいいだろ」

眉を寄せて自信なさげな小雪の頭を、直哉はそっと撫《な》でる。

「それが白金小雪って女の子なんだから。だったら我慢するのはもったいないじゃん」

「……そう、なのかな」

小雪は少しうつむき加減でぽつりと言う。

しかしすぐにハッとして、直哉の手をぺしっとはたき落としてみせた。

「って、別にあなたに認めてもらわなくてもいいわよ。まったく何様のつもりなのかしら」

ぷんぷん怒ってみせてから……うかがうように首をかしげる。

「ちなみに……笹原くんはカレーって好き？」

「うん。インスタ映えするおしゃれメニューよりかは、断然作りやすいからな」

「そういう判定基準かー……」

やっぱりお母さんよね……と、小雪は複雑そうな顔をする。

そんな彼女に、直哉はくすりと笑うのだ。

「でもそれなら今夜はカレーにしよっか。朔夜ちゃんもそれで大丈夫かな？」

「そうね。あの子もカレーは大好物よ」

「じゃあ決まりだな」

「えっと、それじゃ……」

小雪はもじもじして、直哉の袖《そで》を引く。

ほんのり顔を赤らめて言うことには――。

「この前はちゃんとお手伝いできなかったけど……今日は、頑張るから」

「う、うん。頼りにさせてもらうよ」

直哉はぎこちなく返してみせた。

甘えるようなその仕草に心臓が大きく跳ねる。

小雪は約束を取り付けて満足したのか、そのままつらつらとカレーの話をし始める。ナンで食べるカレーも好きだが、一番好きなのは野菜がごろごろ入った家庭のカレーらしい。

辛《から》すぎるのは少々苦手で……と語るその横顔はとても明るい。

心からリラックスしているのが見て取れた。

(俺たちも出会ったころよりずいぶん仲良くなったよな……)

毎日話をするし、家にもこうして呼んでもらえる。おまけに今のようにちょっと素直な一面も覗かせてくれて……小雪が信頼してくれているのがよくわかる。

それはけっして、思い上がりなどではないはずだ。

直哉はごくりと喉《のど》を鳴らす。

そうして意を決し、口を開いた。

「白金さん」

「あら、なによ」

「……好きだよ」

「は、はあ⁉」

小雪はぎょっと目をみはり、絶句する。

しかしすぐにハッとして、ごにょごにょと言葉を濁した。

「あ、ああ……カレーのことね。急に何を言い出すのかと思ったじゃない。まったく、主語と述語もきちんと使えないのかしら。ほんとにもう、紛《まぎ》らわしい……」

ぶつぶつと憎まれ口を叩きながらも、その顔は真《ま》っ赤《か》に染まっていた。

もちろん直哉はカレーではなく小雪のことを言ったのだが……ともかくその横顔をじっと観察する。そこには喜びと恥じらい、ちょっとした戸惑いなどが読み取れた。

直哉の言葉に少し期待した証拠だ。

いつぞや直哉が告白しようとした際に『信じられない』と突っぱねた、あの小雪が——だ。

(俺の気持ちはもう少しで白金さんに届くんだ……！)

この前誓った言葉を思い出す。

『白金さんに俺の気持ちが届いたと思ったら、告白するから』

つまりようやく、そのタイミングが来たというわけだ。

「白金さん」

「なっ……なに、よ」

今のが効いているのか、小雪はびくびくしながら直哉の顔を見上げる。

そんな彼女の手をそっと取り、直哉はまっすぐに告げた。

「俺、これから頑張るから。そのときはどうか白金さんに受け止めてもらいたいな」

「……そんなに手の込んだカレーを作るつもりなの？」

小雪はきょとんと首をかしげ、不思議そうな顔をするだけだった。


そういうわけで、放課後はふたりして以前デートしたショッピングモールに寄ることになった。

夕方五時前ということもあって、店内は主婦でごった返している。

タイムセールの声もあちこちで聞こえてきて、さながら戦場のような賑《にぎ》わいだ。

「それじゃ、カレーの材料を買いましょ。まずは野菜からね」

「う、うん。そうだな」

カートにカゴを積んで、いざ出陣である。

小雪はカートを押しながら、どこかウキウキした様子だった。よほど今日のカレーが楽しみらしい。

その一方、直哉は直哉で少し上の空だった。

（告白するって決めたはいいけど……告白ってどうやったらいいんだ？）

今朝《けさ》決断してすぐ、勢い任せの告白は避けようとだけ決めていた。

あのクレープ屋での失敗は記憶に新しい。小雪もたぶん嫌がるだろう。

そうなると……できるだけ格好を付けてみたいと考えた。そもそもこれが直哉にとって人生初の告白だし、小雪もあれでロマンチックなところがあるからそういうシチュエーションを好むはず。

だがいざそういう方針が決まっても、明確なプランが一切《いっさい》浮かばずにいた。

（やっぱり綺麗《きれい》な夜景を見ながら……か？　あとできたらプレゼントがあったら理想だよな……えっ、でもこういうときってなにを贈ればいいいんだろ。ぬいぐるみ……は喜ぶだろうけど、絶対に違うよな）

ここに来て、経験不足がかなり痛く響いていた。

考えれば考えるほど深みにはまり、直哉はうんうん悩み続ける。

そうするうちにいつの間にか野菜コーナーにたどり着いていた。

「えっと、カレーならタマネギと、ニンジンと……あと、ジャガイモね」

小雪はあたりを見回して、目についたものをカゴの中にぽいぽい放り込んでいく。

それを見守っていた直哉だが、ハッとして制止した。

「待った」

「へ？」

ジャガイモの袋を持ったまま、小雪はきょとんと目を丸くする。

彼女が持っているのは丸いイモだ。それを受け取って、直哉はかぶりを振る。

「これは普通の男爵イモだろ。カレーにはメークインを使わないと」

「めーくぃん⁉　ね、猫をカレーに入れちゃうの……⁉」

「それはメインクーンな。メークインは煮崩れしにくい種類のジャガイモのこと。カレーなんかの煮込み料理にはこっちを使ったほうがいいんだよ」

丸いイモを戻し、その隣にあった長い楕円《だえん》形のイモをかわりに手に取る。

それをカゴに放り込めば、小雪は感嘆の声を上げた。

「へえ、そんな違いがあるのねえ。そういうの、やっぱりお母さんに教えてもらったの？」

「教わったのもあるし、自分で調べたのもあるかなあ」

あとついでに、ニンニクとショウガも買っておく。

カレーの隠し味にもなるし、肉の臭みを消すのにも一役買ってくれるのだ。

「ほとんどは失敗を繰り返して覚えたんだよ。ジャガイモの原型が残らない肉じゃがを作ったりしたからなあ」

「ふうん、やっぱり何事も経験ってことね」

「そうそう。だからこの前の、白金さんお手製炭クッキーも経験のうちってことだな」

「うぐっ……後に生かせればいいんだけどね」

小雪は失敗を思い出してか肩を落としてしまう。

「それに、失敗したら食材がもったいないでしょ」

「大丈夫。白金さんの失敗作は俺が全部食べるから」

「そ、そう……」

小雪はたじろぎつつも重々しくうなずく。

炭クッキーの経験から、直哉なら有言実行を貫き通すと確信したらしい。

どこか覚悟を決めたような顔でかぶりを振ってみせる。

「笹原くんを早死にさせちゃ悪いし、これは早めに腕を上げる必要がありそうね」

「うん、楽しみにしとくよ。ひとまず今日お手並み拝見だな」

「ふふん、野菜の皮むきはもうプロ並みなんだから。華麗な手さばきを見せてあげようじゃないの」

そんな会話をしつつも、カレー肉とカレールーも回収完了。

ついでに福神漬けも放り込めば、カートの中はひと目で今夜のメニューがわかる状態となる。

「ほかに何か買うものはあるかな」

「そうねえ……あっ！」

そこで小雪がなにかを思い出したとばかりにハッとする。

どこか恥ずかしそうにもじもじしながら言うことには――。

「えっとその、お菓子も一緒に買っていいって、ママたちに言われてて……」

「そっか。じゃあ白金さんの好きなの選んでくれていいよ」

「ほんと？　そ、それじゃ早く行きましょ、こっちよ、こっち」

早足にお菓子売り場へと向かう小雪を、直哉はカートを押して追いかける。

目的のものはすぐに見つかったらしい。

小雪は喜色満面で、カラフルなパッケージを見せつけてくる。

「これこれ！　あにまるビスケット！」

「……はあ」

メジャーなお菓子だ。

動物の絵が描かれた一口大のビスケットは、直哉も小さいころよく食べていた覚えがある。

小雪はビスケットのパッケージをにこにこと見つめ、弾んだ声で言う。

「昔からこれが大好きなのよ。ウサギさんとかクマさんとか、描かれてる動物も可愛くて」

「………うん」

「だから食べるのが可哀想《かわいそう》になったりするんだけど、やっぱり美味しくてついつい食べすぎちゃうのよね……って、笹原くん。どうかしたの、なんだか難しい顔だけど」

「いや……ちょっと、いろいろと……耐えてる」

「欲しいお菓子があったら、笹原くんも選んでいいのよ？」

ロマンチックなシチュエーションでの告白を誓ったはずなのに。

少しでも気を抜けば、こんなスーパーのお菓子売り場で決行してしまいそうだった。

そんなふうにして人生でもトップクラスの萌《も》えを噛み殺しつつも、買い物は無事に終了した。

白金邸に着いたのは六時前。

そこから調理に一時間ほどかかって……ようやくカレーが完成した。

「わあ。美味しそう」

「なーう」

湯気の上る鍋をのぞきこみ、朔夜が平坦《へいたん》な声でこぼす。

抱っこされたすなぎもも、称賛らしき鳴き声を上げてみせた。

鍋の中はできたばかりのカレーでいっぱいだ。

具材は少し大きめで不格好だが、じっくり火を通したのですっかり柔らかくなっている。

「まったくもう。朔夜もちょっとは手伝いなさいよね」

小雪はダイニングテーブルの準備をしつつ、朔夜をじろりと睨む。

「結局全部私と笹原くんで作ることになったじゃない。働かざる者食うべからずよ」

「手伝わなかったのには理由がある。お邪魔虫になりたくなかったから」

「楽がしたかっただけでしょ。まったくもう。末っ子はこれだから……」

やれやれと肩をすくめる小雪だ。

朔夜はそんな姉をじーっと見つめ、そっと背後を振り返る。

その先にいるのは直哉だ。姉妹がわいわいやる間にも、直哉は台所でとある作業に徹していた。

朔夜はこてんと小首をかしげて問いかける。

「お義兄様。お姉ちゃんの今の台詞《せりふ》を翻訳するとどうなる?」

「『朔夜グッジョブ！　おかげで付きっきりで包丁の使い方を教えてもらえたわ！　あとで特別にビスケットの猫ちゃんをあげちゃう！』ってとこかな」

「そこ！　ご飯中は翻訳機能をオフにしなさい！」

映画館の注意ＣＭのようなことをぴしゃっと言い放つ小雪だった。

そんな会話をするうちに準備ができる。姉妹は炊きたてのご飯にカレーをよそって、食卓につく。

ルーの海でごろっと転がるニンジンを見て、小雪が唇を尖《とが》らせた。

「むう……やっぱり少し大きかったかしら」

「そうかなあ。俺はこれくらいの方が好きだけど」

「そ、そう？　ふふん、やっぱり私は完璧《かんぺき》ね」

直哉がフォローすると、小雪は胸を張る。

小雪にはひとまずジャガイモの皮むきと、ニンジンの乱切りを任せていた。

危なっかしい手つきだったが、なんとか指も切らずにやりきってくれた。

その他の作業は全部直哉の仕事だったが、小雪の料理教室一回目としては十分な成果だ。

直哉もカレーをよそって姉妹の正面に座る。

だが、その前に――。

「それと、白金さんには特別におまけがあるんだ」

「へ？」

「お手伝いしてくれただろ。はい、どうぞ」

小雪のカレー皿に、先ほどから作業していたものをそっと載せる。

なんということはない。冷蔵庫に余っていたスライスチーズだ。それを少し細工させてもらった。

それを見て、小雪の顔がぱあっと輝く。

「すごい！　チーズで作った猫ちゃんだわ！」

「そんなトッピングもありなの？」

「ありだけど、デコレーションはセルフサービスだからな」

「ふふ、お手伝いした人の特権なのよ」

「ちぇー」

無表情で唇を尖らせつつ、朔夜はスライスチーズのフィルムをはがしていく。

その足元では、すなぎもが仏頂面でカリカリを頬張《ほおば》っていた。

絵に描いたような平和な食卓の光景ができあがりだ。

「それじゃ、早速……いただきまーす」

「いただきます！」

「まーす」

三人揃って手を合わせ、いっせいに食べ始める。

ひと口すくって口に入れてもぐもぐしてから、小雪は目を丸くした。

「あっ、ほんとにカレーだわ」

「……何を作ってると思ってたんだよ」

あまりにあんまりな感想だった。

おもわず直哉が半眼を向けてしまうと、小雪は少し早口でまくしたてる。

「だってだって、初めて料理したのにちゃんとカレーができるってすごいことでしょ？　ふふん、やっぱり私はポンコツなんかじゃないんだから」

「でも、私たちだけだったらコンビニの弁当一択だったよ、お姉ちゃん」

「まあ、それも手軽でいいけど……自炊もなかなか悪くないだろ？」

直哉もカレーをぱくつく。

賑やかな食卓は久々だった。

たまにバイトついでに桐彦《きりひこ》と一緒に食事を取ることもあるが、だいたいは自宅でひとり飯だ。

そんな生活にもう慣れたが、やっぱり誰かと食べるご飯は格別である。

（おまけに今日は、好きな子と一緒に作った料理だし……）

いつも食べているはずのカレーの味が、いっそう特別なものに感じられた。

しみじみと味わいつつ、姉妹に笑いかける。

「たくさん作ったから、おかわりしてくれよな。残ったら明日のお昼にカレーうどんとかドライカレーにしてもいいし」

「残り物でアレンジってやつね！　でもそんな高度なこと、私たちにできるかしら……」

「レシピをメモしておくよ。白金さんや朔夜ちゃんでもできるくらい、簡単なやつにするからさ」

「それなら安心ね。明日こそは手伝いなさいよね、朔夜……朔夜？」

「むーん……」

見れば朔夜は難しい顔をして唸《うな》っていた。

カレーが気に入らなかったのかと思ったが、一定のスピードで食べ続けているので、そうでもなさそうだ。彼女はジト目を直哉に向けてくる。

「お義兄様、私のことは『朔夜ちゃん』って呼ぶよね」

「へ？　それがどうかしたのか？」

「私のことは下の名前で呼ぶのに、お姉ちゃんを未《いま》だに名字呼びなのはおかしいと思う」

「うっ……うーん。まあ、たしかにそうかもな」

実を言うと、直哉もそこはちょっと気になっていたのだ。

最初に小雪の方を『白金さん』と呼び始めてしまったので、同じ名字の朔夜は下の名前で呼んで区別していた。

（で、いまいち変えるタイミングを見失ってたんだよなあ……）

呼び方を変える前に、距離ばかりが縮まってしまった。

ちらりと小雪の様子をうかがってみると――。

「やっぱり、白金さんのことも朔夜ちゃんと同じように名前で呼んだ方がいいかな？」

「へうっ⁉　べ、別に好きにすればいいじゃない。呼び方なんてなんでも気にしないわよ」

小雪は平然とした顔で水を飲む。

そのかわりコップを持つ手がガタガタと震えていて、それが『なまえでよばれたらはずかしくてうれしくてしんじゃうかも……！』という思いをありありと物語っていた。

だったら、これはいい機会かもしれない。

かねがね呼んでみたかったその名前を、そっと舌に乗せてみる。

「………小雪」

「ぶふーーーーーっっ！」

「うわっ」

小雪が勢いよく水を吹き出して、キラキラした滴《しずく》が散った。

ごほごほ咳《せ》き込《こ》む彼女の元に駆け寄り、直哉はその背中をさする。

「ご、ごめん。やっぱ急だったよな。さすがにこういうのはもうちょっと段階を踏んでから――」

「な……」

「……な？」

「な、な……う」

小雪は真っ赤になって、どもりながら必死に言葉を紡《つむ》ごうとする。

何を言おうとしているのか一瞬でわかった。

だから直哉は生唾《なまつば》を飲み込むこともできずに、ただじっと待つのだが……小雪はキッと目をつり上げて、こちらの鼻先に人差し指を突きつけた。

「なっ、生意気よ！　笹原くんのくせに！」

「あー。やっぱりそうなるよなあ」

直哉は苦笑するしかない。

小雪も名前を呼びたかったようだが、どうやら恥ずかしさが振り切ってしまったらしい。言い放ったものの、そのままどんよりと暗い顔で肩を落とす始末だ。

「あうう……ち、ちが……だから、その本当に言いたいのは……ううう」

「ああ、大丈夫だから。料理と一緒で、ゆっくり頑張っていこうなー」

直哉はそんな小雪の肩を、励ますように叩《たた》く。

最近どんどん素直になっているとはいえ、これはさすがに難易度が高すぎたらしい。

（呼び方変えるのも告白も、どっちももう少し待った方がいいかもなあ……）

道のりはまだまだ遠そうだ。

こっそりため息をこぼす直哉を哀れに思ったのか、すなぎもが「なーう」と鳴いて足をぺしぺし叩いてくる。そんなやるせない光景を、朔夜は無表情でじーっと見つめていた。

「これはこれで新鮮な供給。ありがたく嚙《か》みしめさせてもらう。ずっと見ていたいけど、私はしばらく部屋に戻ってた方がいい？」

「いいよ、変な気を回さなくて……おかわりいる？」

「もらう。それじゃ私はここで食べてるから、お姉ちゃんの部屋に移動してくんずほぐれつしてくるといいよ」

「するわけないでしょ、バカ！」

小雪は真っ赤な顔で叫んで、やけくそのようにカレーを食べ進めていった。

ちょっと涙目になってはいるものの、元の調子に戻ったらしい。

直哉もそのまま自分の席に戻ろうとするのだが――。

「……あっ」

小雪がリビングの天井《てんじょう》をちらりと見て「忘れてた……」と小声でつぶやいたのが、やけに気になった。

そこからは大きなドタバタもなく、夕食はつつがなく終わった。

結局朔夜は三杯食べて、小雪も一度おかわりした。

姉妹の食べっぷりに感服しつつ、直哉は皿を洗いながらぼんやりと物思いにふける。

（さっき白金さん、何か思い出したみたいだったけど……上に何かあるのかな）

小雪はカレーを黙々と食べ終えて、すぐに二階へ上がってしまった。

それからずっと下りてこず、ダイニングには朔夜とすなぎもだけが残っている。

キッチンからひと続きになっているため、水を流していても朔夜の声がよく聞こえた。

「ねえ、すなぎもはどっちの式場がいいと思う？」

「なうー？」

「私はこっちのチャペルが一推し。新しくて綺麗だし、なによりご飯が美味しそうだから」

「なう、なー」

「すなぎもは神前式推し？　たしかに白無垢《しろむく》も捨てがたいね」

「なーん」

どうやらタブレット端末で式場選びに燃えているらしい。

すなぎもはそれに雑な相槌《あいづち》を打っていく。

（自分の結婚式とかじゃなくて、俺と白金さんの式場を選んでるな……うん？）

そこでふと、直哉は天井を見上げる。

この上はたぶん白金一家の個室などが並ぶフロアだろう。

小雪が上がってからはずっと物を動かしたり、歩き回ったりする足音が響いていた。

(白金さんが何かを探してる……?　いや、単に片付けてるだけだな)

足音に迷いはなく、少し急いでいるようだった。

もし仮に、この真上が小雪の自室なのだとすると――。

(ひょっとして、俺を自分の部屋に呼びたい……とか?)

そのことに思い至った途端に心臓が大きく跳ねて、手元が狂って泡が飛んだ。

意味深な視線と、突然の中座。そして掃除。

すべてのピースを組み合わせれば、そう考えるのが自然だろう。

「いや、ないな。ないない。都合よく考えすぎだっての」

浮かんだ考えを直哉はざっくりと振り払う。

直哉の名前ひとつ呼べない小雪が、自分の部屋に招いてくれるなんてありえるはずが――。

「笹原くん」

「うおっ⁉」

突然背後から声がかかって、皿を取り落としそうになった。

慌てて振り返ると、いつの間にかそこには小雪が立っている。考え事に集中しすぎて、まったく気付かなかった。

「ど、どうかした?」

「ちょっと、その……」

小雪は指先をすりあわせ、視線をさまよわせる。

しかしやがて覚悟でも決めるようにぐっと拳を握り、小さな声でこう言った。

「朔夜に見られたら、またからかわれるから……こっそり来て」

「へ?」

「こっち」

言うが早いか、小雪はさっと台所の裏へ回る。

直哉も急いで後を追えば、そこには二階へ上がる階段が続いていた。

「えっ、まさか二階に……?　俺が行ってもいいのか?」

「いいから。早く行って」

「わ、わかったわかった」

小雪が背中を押すので、直哉はたじろぎながらも階段をのぼった。

二階も天井が高く、いくつもの扉が並んでいた。

そんななか、小雪は一番奥の部屋に迷わず入っていく。その背中は直哉に『ついて来て』と語っていて……先ほど振り払ったはずの馬鹿《ばか》げた考えが、再び直哉の脳裏《のうり》をよぎる。

(いや、ないだろ……どうせ重い荷物を運んでくれ、とかだって……うん)

そんなふうに自分に言い聞かせながら、わずか数メートルの廊下をぎくしゃくと進んだ。

果たしてドアの先に広がっていた光景は——いかにも女子の部屋だった。

家具は勉強机にタンスにベッド、本棚や低いチェスト。どれも柔らかな色合いで統一されており、猫のぬいぐるみがいくつも並んでいる。壁を飾るのはおしゃれなウォールステッカーだ。

もちろん、いい匂《にお》いがした。

直哉はひゅっと喉を鳴らす。

「ま、まさかここって、白金さんの……」

「私の部屋だけど？」

当然とばかりに言われた言葉に、直哉は絶句するしかなかった。

白昼夢を疑って自分の頰《ほお》を叩いてみるが、ただ痛いだけで目が覚める気配はない。

（嘘だろ……⁉　なにこの展開⁉）

名前も呼べないし、素直に好きとも言えないのに、自室に招く。完全に破綻した状況に、直哉の頭はまるで回らない。いつもの察しの良さは完全にオフモードになって、小雪がいったい何を考えているのか、まったくわからなかった。

ただ、自分が今何をすべきかは理解できた。説教だ。

直哉は小雪の肩に手を置いて、諭すように言う。

「あのな、白金さん。女の子はそう簡単に、男を自分の部屋に上げちゃいけないんだぞ。この前だって桐彦さんの家で、俺とふたりきりになってオロオロしてただろ」

「うっ……そ、それは私もちょっと思ったけど、仕方ないじゃない……」

小雪は気まずそうに視線を落とし、小さくこくんとうなずいた。

うつむき加減の上目遣《うわめづか》いで続けることには──。

「そ、その、今日はご飯、一緒に作ってくれたでしょ。だから、えっと……笹原くんに、お礼がしたくて……」

「お、お礼……？」

「だけど、朔夜に見られたら恥ずかしいから……だから、部屋に来てもらったの」

「見られたら恥ずかしいお礼……⁉」

好きな子の部屋でふたりきり。

そんなシチュエーションでお礼がしたいと言われたら……もうその後に予想される展開はひとつだけだった。そう気付いた途端、直哉の脳をピンク色の妄想が埋め尽くした。

「まっ……⁉　待ってくれ白金さん！　さ、さすがにそれはまだ早──」

うろたえる直哉だが──。

「……これ」

「……へ？」

小雪がずいっと差し出したものを見て、目が点になった。

それは両手で収まるくらいの小さな箱で、綺麗にラッピングされている。おずおずと直哉が受け取ると、小雪はほっとしたように表情をゆるめてみせた。

「い、いつもお世話になってるし、プレゼント。さっき買い物に行ったでしょ、あのときこっそり買っておいたの」

「……そういえば帰り際にどっか行ってたな」

てっきり日用品などを買いに行ったのかと思っていた。

あのときは直哉も舞い上がっていたので、真の目的に気付けなかったのだろう。

(今日の俺、ほんとにポンコツじゃね……？)

人より少し『察しがいい』という個性が、完全に死んでいる。

どれだけ浮かれているのか、改めて自覚した。

自分で自分に呆《あき》れて、直哉は遠い目をするしかない。

それを見て、小雪の肩がびくりと跳ねた。さっと顔を伏せて、震えた声をこぼす。

「や、やっぱり私からのプレゼントなんて迷惑だったかしら……」

「はあ!? いやいや！　そんなことないから！　めちゃくちゃ嬉《うれ》しいって！」

「でも私、あんまり人にプレゼントとか送ったことないし、気に入ってもらえるかどうかも……」

「白金さんにもらえたらなんでも嬉しいよ。炭のクッキーを食うような男だぞ、俺は」

「むう……たしかにそうだったわね」

小雪は苦笑を浮かべて、それを見て直哉も少しホッとした。

改めてもらったばかりのプレゼントに意識を向ける。

「えっと、これ開けてもいいかな？」

「う、うん。どうぞ」

ぎこちないやり取りをしてから、包みを慎重に開いていく。

蓋《ふた》を開いて直哉は小首をかしげた。

「……ハンカチ？」

「うん。かなり迷ったんだけど……使ってもらえるものがいいかな、って」

それは小さめのタオルハンカチだ。青い生地に雪の結晶がいくつも刺繍《ししゅう》されており、どちらかと言えば女性的なデザインで、直哉が持つには少し可愛《かわい》すぎる。

小雪は指先をもじもじさせながら、ぽつりぽつりと言葉をつむぐ。

「女の子向けの雑貨屋さんで買ったから、男の子の笹原くんに渡すにはちょっと相応《ふさわ》しくない気もしたけど……」

直哉の顔をうかがうようにして、小雪はそっとはにかんだ。

「それを見つけた瞬間、笹原くんに持ってもらうなら『これだ』って思ったのよね。なんだかわからないんだけど。その直感を信じたわ」

「…………はあ」

「えっ、なにその真顔。私何か変なこと言った……？」

「いや、なんでもないよ。うん。ありがたくもらっとく」

口の中が乾きに乾いて舌がうまく動かせなかった。

それでも直哉がなんとかその言葉を絞り出すと、小雪は安心したようにへにゃりと笑った。

直哉に、雪の刺繍が入ったハンカチを持ってもらいたい。

完全に無意識なのだろうが、それはもう告白と大差なかった。

（えっ、もう……ここでやるべきだろ⁉）

告白の場所やプレゼント、そもそものタイミング。

ずっと悩んでいたすべてが、その瞬間にまるでどうでもよくなった。

溢《あふ》れる想《おも》いが止まらない。直哉は勢いのままに小雪の手をぐっと引っ張った。

「白金さん……！　頼む、聞いてくれ！」

「へ、きゃっ……⁉」

「うわっ⁉」

それに小雪が驚いてバランスを崩す。

直哉はそんな彼女を焦《あせ》って受け止めようとするものの、結局一緒に倒れ込んでしまって……

気付いたときには、ベッドに小雪を押し倒すような形になっていた。

小雪は大きな目を見開いて、ぽかんとする。

次第にその顔にゆっくりと赤みが差し、目には涙の膜が張り始めた。

（ま、ずい……！）

小雪のキャパシティはもういっぱいいっぱいだ。

この上さらに告白なんてしたらどうなるか、火を見るよりも明らかだった。

そう、わかっていたはずなのに――直哉の口からは、自然とその言葉が出てしまった。

「す……好きだ！　白金さん！」

「ひっ」

小雪が大きく息を呑《の》む。

一瞬だけ、部屋の時間が完全に止まった。

その刹那《せつな》ののち――。

「きゃあああああああああ!!」

「ごべぶっ⁉」

突き飛ばされて、手当たり次第に物を投げられ、直哉は部屋から叩き出された。

目の前で勢いよく扉が閉まるその寸前、直哉が見たのはボロボロと涙をこぼす小雪の姿で。

しんと静まりかえった廊下に仰向《あおむ》けで倒れたまま、呆然《ぼうぜん》とするしかない。

そこに朔夜が、すなぎもを抱えてやってくる。いつもどおりの無表情だが、その視線はぞっとするほどの冷気を放っていた。

「いったい何をやってるの、お義兄様」

「…………はい。全部俺が悪いです」

「なうー！」

すなぎもが朔夜の腕からするりと抜け出して、直哉の額をべしっと叩いた。

それからどれほど外から呼びかけようと、小雪が部屋を出てくることはなく……直哉は結局ちゃんと謝ることができないまま、白金家を後にした。

八章　白金小雪は素直になれない

直哉《なおや》はこれまで、波風の立たない人生を送ってきた。

校則などの決まり事はきちんと守るし、学業成績もそれなりに良好。

おまけに人より少し察しがいいおかげで、多くの揉《も》め事《ごと》は事前に回避できた。これまで好意を寄せてきた女の子を袖《そで》にしまくってきておきながら、悪評がさほど広まることもなかったのは、アフターケアを徹底したたまものだ。

だからこんな致命的な失敗は、人生初と言ってもよかった。

小雪《こゆき》の部屋から叩き出され、休日を挟んだ月曜日。

いつもの中庭で、いつものような昼休憩にて、直哉は三人分の白い目を向けられていた。

「そりゃおまえが悪いだろ」

「直哉ってば、思ったよりやらかしたねー」

「ほんとに反省してほしい」

「はい……」

それに直哉はうなだれるしかない。反論や弁明は一切《いっさい》浮かんでこなかった。

一緒に昼食を囲むメンバーは巽《たつみ》と結衣《ゆい》、そして朔夜《さくや》だ。

そこに小雪はいない。と言うより、あの日からひと目たりとも顔を合わせていなかった。休日中に何度連絡してもなしのつぶてで、今日は学校も休んでいる。

だから、仲直りどころかちゃんと謝ることすらできていないのだ。

(ほんとにマズい……やらかした……告白どころの話じゃない……)

まだ付き合えてもいないのに、三足飛びくらいで破局の危機だった。

落ち込み続ける直哉を横目に、巽は購買のあんパンをかじる。

「白金《しろがね》さんのあの性格なら、押せ押せでいったら逃げるのは明白だろうが。俺《おれ》でもわかるぞ」

「ねー。でも納得したよ。だから白金さん、今日はお休みだったんだ」

「そういうこと。お姉ちゃんはあれからずっと引きこもり続けている」

朔夜は淡々と言って、卵焼きをもぐもぐと咀嚼《そしゃく》する。

そうして弁当箱を横へ置き、巽と結衣にぺこりと頭を下げてみせた。

「申し遅れました。白金朔夜といいます。うちのお姉ちゃんと、うちのお義兄《にい》様がいつもお世話になっています」

「あ、ご丁寧にありがとね。それより直哉はもう身内扱いなんだ」

「わはは。こうなってくると、それもどうなるかわからないけどなー」

「どいつもこいつも好き勝手に言いやがって……！」

気にしていることをド直球に抉《えぐ》られた。

さすがの直哉も腹に据えかね、朔夜にびしっと人差し指を突きつける。

「っつーか酷いんだぞ、この子！　俺が今朝《けさ》、白金さんを駅でそわそわ待ってたらさ！　長い銀髪の子が来たんだよ！　ぬか喜びしたんだよ！　それが声をかけてみたら……ウィッグ被った朔夜ちゃんだったんだよなあ！」

「入念に手の込んだ嫌がらせじゃん」

「してやったり。こんなこともあろうかと小道具を用意しておいてよかった」

「俺はあの瞬間に崩れ落ちたんだからな⁉　人の心がないのか⁉」

「だったら私とお義兄様、悪いのはどっち？」

「…………俺です」

再び直哉はがっくりとうなだれた。

（そうなんだよなあ……やらかしちゃった俺が結局のところ悪いんだし……）

あのタイミングで告白しても、小雪が受け止めきれないのはこれまでの経験上わかっていたことだった。それなのに、あのときの直哉は自分で自分が止められなかった。

想《おも》いで胸がいっぱいになって、言わずにはいられなかったのだ。

（俺、ほんとにポンコツになったなあ……）

直哉はどんよりと落ち込むばかりだ。

だがしかし、そこで思わぬ声がかかった。

「でも、あたしはちょっと安心したかも」

「は……？」

顔を上げてみると、結衣が晴れやかな笑顔を浮かべている。

ハンマーで頭を殴られたような衝撃だった。直哉は幼馴染《おさななじ》みに、おろおろと縋《すが》るような目を向けてしまう。

「えっ、結衣……おまえ、そんなに俺が苦しんでるのを見るのが楽しいのか……やっぱりあれか、巽と無理矢理くっつけたのをまだ根に持ってたのか……？」

「違うってば。白金さん絡みだと、ほんと途端に使えなくなるねえ」

結衣は呆《あき》れたように肩をすくめる。

「だってこれまでの直哉だったら、こんな失敗するなんてありえなかったでしょ。なにしろ人の心が読めちゃうんだから」

「たぶんそうだと思うけど……それが？」

「これも成長の機会ってことだよ、若人くん」

結衣は人差し指をぴんと立て、訳知り顔で言う。

「人を好きになるっていうのはそういうことなの。綺麗《きれい》なことばっかりじゃない。いろんな失敗を繰り返して、前に進んでいかなきゃいけないんだから。直哉はつまずいて、ようやくスタートラインに立ったってこと。これも成長の機会なんだよ」

「おお……さすが、経験者は語るなあ」

結衣と巽も最初からこんなふうに自然な仲になったわけではない。

ときには喧嘩《けんか》もすれ違いも経験してきたのを、直哉は間近で見守った。

だからその言葉の重みがとてもよく理解できるのだ。

(そうか……これは試練ってやつか。だったらこれを乗り越えたら……白金さんともっと仲良くなれるかもしれない……！)

ぱっと視界が晴れたようだった。

直哉は結衣に笑顔を向ける。

「ありがと、結衣。目が覚めたよ。俺、こういう失敗ってしたことがなかったから……思った以上に混乱してた。そうか、普通の人はこうやって悩んだりするんだな。新鮮だよ」

「どういたしまして、だけど……それは直哉だけに許される台詞《せりふ》だねえ」

結衣は若干引き気味で笑う。

それを見て、巽はぽんっと手を叩《たた》いた。

「つまりあれか。今のこいつはＡＩ搭載のロボットが『心』を会得した、みたいな状態なのか」

「ＳＦでよくある展開。そしてそのロボット、たいてい終盤で自爆しがち」

「仕方ねえなあ、骨は拾ってやるから安心して爆発《ばくはつ》してこいよ、直哉」

「私、その爆発を遠くで見守って、意味深に涙をこぼすサブヒロイン役をやるね」

「巽と朔夜ちゃんには、全部落ち着いたあとで話がある」

結託すると本当にろくでもない。

幼馴染みと義妹を睥睨《へいげい》してから、直哉は頭をぼりぼりと掻《か》く。

「でもまあ、たしかに早めに謝って慰めないとなあ……」

「謝罪はわかるけど、なんで慰め？」

「だって今ごろ白金さん、絶対後悔して落ち込んでるはずだからさ」

小雪は自信過剰を装っているものの、自分の失敗を後で大いに反省しがちだ。

先日の一件などかなり堪えたことだろう。

（たぶん俺以上にショックを受けてるんだろなあ……）

今ごろきっと、直哉を拒絶したこと、連絡を無視していること、学校をズル休みしたこと……などなどを一緒くたに抱え込み、部屋の隅で膝を抱えてぐずぐず鼻をすすっていることだろう。

部屋の間取りを知ってしまったから、その光景がやけに鮮明に頭に浮かんだ。

直哉は小さくため息をこぼす。

「でもほんと、白金さんは不器用だよなあ……昔何かあったのかな」

「それは私もよく知らない」

朔夜がゆるゆるとかぶりを振る。

すっと細められた目は、どこか遠い過去を偲《しの》ぶようだった。

「お姉ちゃんは、小学生くらいのころは普通だった。あるときから急に、あんなポンコツクーデレ（笑）キャラに変わったの」

「姉に対して辛辣《しんらつ》だなあ……」

「公正な目を持っていると言って。てっきりお義兄様なら、その辺の原因なんかもわかってるものだと思っていたのに。心が読めるくせに、人のトラウマなんかはわからないの？」

「いや、だってそこまで暴《あば》くのは踏み込みすぎだろ」

ただでさえ直哉は心の内側や隠し事を見抜くのが得意だ。

だから小雪に対しても、最後の一線だけは越えないように注意してきた。

「そういうのって、普通は知られたくないことだしさ。だから白金さんが自分から打ち明けてくれるまでは俺も気にしないようにしてきたんだよ」

「ふうん。律儀ね。そんなところが、お姉ちゃんに気に入られたのかもしれない」

朔夜は少し目を細め、かすかに表情を綻《ほころ》ばせてみせた。

義妹からしてみれば満点の回答だったらしい。

だがすぐにその柔らかさが消えて、剣呑《けんのん》な目を直哉に向ける。

「でも、早くなんとかしてもらいたい。うちは一家全員心配している」

「あっ、はい……その、ちなみにお義父《とう》さんは何か言ってた……?」

「『何があったかは知らないが、今は彼を信じよう。私たちはあたたかく見守ろうじゃないか』って」

「お義父さん……」

「とか言いつつ、今日はパジャマのままで出勤しようとしていた。相当動揺しているみたい。早めに収拾をつけてもらわないと、パパが仕事で大ポカして一家離散なんてことになりかねない」

「うっす。なんとかします」

ますます責任重大だった。

粛々と頭を下げる直哉をよそに、結衣と巽は顔を見合わせる。

「でも下手なことをすると、さらに頑《かたく》なになっちゃうよねえ」

「目に浮かぶなあ。直哉、どうするつもりなんだ?」

「うーん、そうだな」

直哉はしばし腕を組み、様々な手を考え込む。

小雪をただ部屋から出すだけなら簡単だ。いくら最近ポンコツ化が激しいといっても、相手の心を読んで操《あやつ》ることくらいはできるはず。

(でもなあ……それは全然誠実じゃないし)

小雪に対しては、そんな力任せのやり方はしたくなかった。

そうなってくるとやはり手はひとつだけだ。

直哉は顎《あご》を撫《な》で、ぽつりとこぼす。

「やっぱここは正攻法でグイグイいくしかないな」


直哉たちがそんな作戦会議を繰り広げていたともつゆ知らず。

小雪は直哉の予想通り、薄暗い部屋の隅で膝を抱えてぼんやりしていた。くたびれたパジャマのままだし、自慢の銀髪は櫛《くし》も通さずぼさぼさだ。

泣きはらした目で壁を見つめるその様は、小雪自身もさすがにマズいと思う。

そばで丸くなっているすなぎもの方が、よっぽど身だしなみに気を遣っているだろう。

それがわかっていながらも、小雪はほかにどうすることもできなかった。あの日からずっとこんな感じで引きこもり続けて、もう完全に参ってしまっていたのだ。

「……私、なにやってるんだろ」

何度目かも分からない自問は、静かな部屋によく響いた。

母はパートに出かけて、妹の朔夜はまだ学校から帰ってきていない。

家の中はしんと静まりかえっていて、一分一秒がやけに引き延ばされて感じられた。

膝を抱えた腕に顔半分を埋めたまま、小雪はぽつぽつと独り言を続ける。

「だって、あれは笹原《ささはら》くんが悪いんだもん。あんなことして、あんなこと言って……ひどいんだもん」

押し倒されて「好きだ」と言われた。

焦《あせ》って突き飛ばしてしまうのは当然のことだ……と思う。

むすっとした顔をしていた小雪だが、すぐにしゅんと眉《まゆ》を寄せてしまう。

「でも、私にも悪いところが、なくもない、し……」

何度自問自答しても、結局はそこにたどり着いた。

直哉は部屋の外からずっと謝ってくれたし、携帯電話のメッセージでも気遣ってくれていた。

そもそも押し倒されたのだって事故だ。直哉が悪いわけではないと、理屈ではちゃんとわかっている。

それなのに意固地になっているのは自分だった。子供が拗《す》ねているのと変わらない。

全部ちゃんとわかっている。

小雪はぐすっと鼻を鳴らす。

「だって『好き』なんて言われても……どうしていいか、もうわからないんだもん……」

脳裏《のうり》をよぎるのは苦い記憶。

あれは小学生のころだ。

当時の小雪は今とは違って、素直で活発な少女だった。数多くの友達に囲まれていて、中でも特に仲良しの女の子がひとりいた。どこへ行くにも彼女と一緒で、毎日門限ギリギリまで遊んだ。

臆面《おくめん》もなく『大好き！』と言い合って、それを愚直《ぐちょく》にも信じていた。

だがしかしそんなある日、友達だと思っていた女の子たちが、みんな小雪の悪口を言っている場面に出くわしてしまう。やれ『気取っている』だの『私たちを見下している』だの。

小雪には一切そんなつもりはなかったが、物陰から出て行って否定することもできず真《ま》っ青《さお》になるしかなかった。

さらに『大好き！』と言い合っていたはずの親友もまた、真剣な顔でこう言ったのだ。

『私も小雪ちゃんのこと……………大嫌いよ』

まるで天地がひっくり返るような衝撃だった。

それ以来、小雪は『好き』がわからない。

自分の『好き』が正しいのか、他人の言う『好き』を信用していいのかに自信が持てない。

小雪が相手のことを好きでも、相手が自分を好きでいるかは分からない。

言葉や態度はどうとでも誤魔化《ごまか》せる。

それを身をもって知ってしまったから、ひとりでいることを選んだ。

あれ以降その親友とは一切話をすることもなく、次の年に彼女が転校してしまって付き合いも切れた。ほかの交流もすべて絶って、こうして『猛毒の白雪姫』ができあがったというわけだ。

それなのに、今さら誰《だれ》かと一緒にいたくなって……このざまだ。

盛大なため息をこぼしたあと、頭に浮かぶのは当然ながら直哉の顔で。

「私も笹原くんみたいに、相手の気持ちがわかったらよかったのかも……い、いや、ダメね。相手が私を嫌いでも、それが全部わかるんだし……」

嫌な想像をしてしまい、またさらに顔を青くする小雪だった。

自分だったら今以上のひねくれ者になっていたことだろう。

だが直哉はそれを表に出すことなく、飄々《ひょうひょう》としている。

「笹原くんは、私と違って強くてすごいなあ……それに比べて、私、やっぱり最悪かも……」

あれが直哉の精いっぱいの告白だということはわかっている。

それなのに小雪はこんなすげない態度を取り続けているのだ。

どう考えても非は小雪の方にあるようにしか思えなくて――。

(嫌われたら、どうしよ……)

ふっと浮かんだ考えで、ぞわりと背中が粟立《あわだ》った
ありえないと思いたかった。

だが、ネガティブ思考というものは一度エンジンがかかるとちょっとやそっとでは止められない。

鼻がつーんとして、視界がぼんやり霞《かす》んでいった。

目尻から涙がこぼれ落ちる、その寸前――。

「なう！」

「へ……？」

寝ていたはずのすなぎもが、突然ぴくりと耳を立てた。

そのまま窓の縁に飛び乗って、じっと外を見下ろす。

窓の下に広がっているのは白金邸の庭だ。

じっと耳を澄ませてみれば、そこからガサゴソと何かを動かす音がした。

しかし、草木の手入れを趣味にしている母が帰ってくるには、まだ時間があるはずで――。

（ま、まさか……ドロボウ……⁉）

小雪の顔から、さあっと血の気が引いていった。

このあたりは治安がいい方だが、あり得ない話ではない。

ビクビクしながらも音を立てないように注意しつつ、窓の外をそっと見下ろす。

そうしてハッと目を丸くした後……気付いたときには、小雪は窓を開けて叫んでいた。

「人の家で、いったい何をやってるのよ⁉」

「あっ、まずい。気付かれたか」

そこでは直哉が長テーブルを持ち出して、何やらごちゃごちゃと物を広げていたのだった。

窓から叫んで十分ほどして、小雪がようやく庭に出てきた。

パジャマの上からカーディガンを羽織っただけで、ほとんど身支度できていない。本当に慌てて出てきたようだった。

ちょっと伏し目がちの目元も腫《は》れているし、わりとボロボロだ。

(ひとりでウジウジしてたけど……おもわずツッコミを入れちゃって、出てこざるをえなくなったって感じだなあ)

見事に目論見《もくろみ》通りだった。

とはいえもう少しあとで見つけてもらう計画だったので、直哉は頭をかいて笑う。

「ごめんごめん。こっそりやろうと思ったのにバレちゃったな」

「いやあの、ほんとに何してるわけ……?」

落ち着かない様子で小雪はあたりを見回す。

花の咲くプランターが並ぶ広い庭だ。よく手入れされていることがひと目でわかる。

そんなただ中に、直哉が持ち出した長テーブルが置かれていた。

白金家の物置にあったキャンプ用のものだ。その上に紙コップを並べているが、足元にはまだ開けていない紙袋がいくつもある。

「あ、ちゃんと朔夜ちゃんに許可は取ったからな。不法侵入じゃないから安心してほしい」

「いやあの、そういうことを聞いてるんじゃないんだけど……」

「まあ、その説明をする前に。はい、これ」

「……なに、これ？」

直哉が手渡したブザーを見て、小雪はますます頭の上にハテナマークを浮かべてみせる。

「見りゃわかるだろ、防犯ブザーだよ。それを鳴らしたら、外で待機している朔夜ちゃんと、結衣と巽がすぐに助けに来るから。だから、この前みたいなことになっても安心してほしい」

「は、配慮の仕方がなんか怖いんですけど⁉」

ブザーをぎゅっと握りしめて、小雪はツッコミを叫ぶ。

朔夜にさえも「それはどうかと思う」と真顔で言われたが、これもケジメのひとつだった。

三人とも今ごろ塀を挟んだ向こう側で、こちらの様子をそわそわうかがっていることだろう。

（渡したはいいけど、使わせるような展開は避けなきゃなあ……）

それもこちらの出方次第だろう。

ぐっと拳《こぶし》を握ってから、直哉は小雪に頭を下げる。

「この前は急にごめん。押し倒したりなんかして……」

「う、ううん……」

小雪はゆっくりと首を横に振る。

そうして足元に視線を落として、所在なさげに指先をすりあわせた。

「あれは事故だもの。笹原くんは悪くないわ。なのに私ったら、嫌な態度取っちゃって……」

「いや、あんなことがあったら誰だって白金さんみたいに混乱すると思うし……」

「ううん……それでも私が悪いのよ」

小雪はやはり力なく首を振る。

長い間じっとひとりで考え込んでいたせいだろう。いつもの虚勢はすっかり失《う》せて、かわりに大きな自己嫌悪だけが残ったようだった。

「いつもそうだもん……やっぱり私は素直になれない弱虫で、ダメな子で……昔っから、そうなんだもん……」

小雪は震えた声をこぼす。

俯《うつむ》いたその顔から、堪えきれなかった雫《しずく》がぽろぽろとこぼれ落ちた。

その涙を拭《ぬぐ》うこともなく、しゃくり上げながら小雪は続ける。

小学校のころ、仲のいい友達がいたこと。その子のことが一番好きだったのに相手は自分のことを嫌っていたこと。それからずっと『好き』を打ち明けるのが怖いこと。

おおむね予想していたような告白に、直哉はじっくりと相槌《あいづち》を打つ。

「だから、せっかく笹原くんが『好き』って言ってくれて、ほんとは、ほんとはすっごく嬉しいのに……ちゃんとお返事したいのに、なんて、なんて言えばいいのか、わからなくって……ほんとに言っていいのかも、わかんなくって……頭の中、ぐちゃぐちゃになって……」

小雪はそこまで言って、小さく息を吐き出す。

それと一緒に魂までもが抜け出したようだった。小雪は力なく、ぽつりとこぼす。

「やっぱり私なんかが、ひとを好きになるなんて、間違ってたのかなぁ……」

「そんなことない」

その肩を、直哉はおもわず両手で摑《つか》んでしまった。

泣きはらした顔を上げた小雪に、思いの丈をまっすぐ告げる。

「俺は白金さんを好きになって良かった。心の底からそう思う。だから白金さんにも、同じように思ってもらいたい。そんな悲しいことは言わないでくれ」

「で、でも、私……わたしなんて……うぐ」

「ああもう、泣くなって。ぐちゃぐちゃじゃん」

「あう……そ、そのハンカチ……」

「うん。こないだ白金さんがくれたやつ。早速役に立ってくれたな」

止めどなく溢《あふ》れる涙を、この前もらったばかりのハンカチでぬぐってやる。

雪の結晶の刺繡《ししゅう》に涙が染《し》みこんで、少しだけ色がくすんだ。

小雪の鼻も頰《ほお》も、地面に落ちる寸前の果実を思わせるほどに真っ赤《まか》っかだ。それでもまだ暗い顔をする小雪に、直哉は笑う。

「白金さんはあれこれ難しく考えすぎなんだよ。いつもみたいに『よくも乙女に狼藉《ろうぜき》を働いてくれたわね。世が世なら打ち首よ。ほんっと躾《しつけ》のなっていない犬はこれだから……』くらい言ってくれないと、俺も調子が狂うだろ」

「ううう……わるかったわね……いつも可愛くなくて……」

「可愛《かわい》くないなんて言ったっけ？　あれはあれで奥ゆかしくていいと思うんだけど」

「しゅみがわるいし……」

小雪はぽつりとツッコミをこぼす。

話をしているうちに少しだけ落ち着いたようだった。

生気のなかった目にわずかに光が戻ったところで、直哉は続ける。

「俺も反省したんだよ。白金さんのことも考えずに先走っちゃった。俺も白金さんも恋愛初心者なんだから、焦ってもろくなことにならない。お互いゆっくりやっていくしかないなって」

焦った結果、小雪をこうして泣かせてしまったのだ。

もうこんな失敗は繰り返したくない。

そう告げると、小雪はくしゃりと顔を歪《ゆが》める。

「でも私……これ以上ゆっくりしてたら、ちゃんと返事ができるのはいつになるかわからないわよ……」

「別にいいよ、人生まだこれからだし。さすがにあと七十年くらいの間には答えがもらえるだろ」

「なんでそんなに前向きなのよぉ……」

「決まってるだろ、好きだからだよ」

直哉は堂々と言ってのける。

おかげで小雪が息を呑《の》むのだが、おかまいなしだ。

にっこり笑って彼女の肩をぽんっと叩く。

「まあそれは置いといて。ほら、立ち話も何だし座ろうよ」

「えっ、え……お、置いといていいの……？　真剣な話なんじゃ……」

「いいのいいの」

あっさり言って小雪を椅子《いす》に座らせる。

準備した紙コップにジュースを注《そそ》げば、小雪はちびちび口を付けながら眉を寄せる。

「聞きそびれていたけど……結局これってなんの準備なの……？」

「ああ、仲直りのためにパーティでもしようかと思って」

「パーティって……パパじゃないんだから」

小雪は呆れたようにぼやく。

しかし直哉は取り合うこともなく、足元の紙袋を開いていく。

「ほら、まずはそのオレンジジュースだろ。で、この前買ってた動物型のビスケット」

「はあ……」

「で、その次は猫の写真集で、あと桐彦《きりひこ》さんからもらったサイン本だろ」

「……うん？」

直哉が品物を取り出すうちに、小雪の顔に戸惑いが浮かんでいく。

あっという間にテーブルの上は雑多な品々で溢れかえった。飲み物にお菓子はもちろんのこと、本や雑誌に猫の小物など……ほとんどの人が、そこにどんな共通点も見出せないことだろう。

小雪もますます首をかしげて訝《いぶか》しがる。

「これ、いったいなんのパーティなの……？」

「白金さんの好きな物を集めたパーティだよ」

「へ…………うわっ」

それは感嘆ではなく、ドン引きの声だった。

小雪は青い顔かつ半眼で、テーブルに並んだ品々を見回す。

「ほんとに私の好きな物ばっかりじゃない……えっ、教えたこともないお菓子とか本もいっぱいあるし……朔夜に聞いた、とかじゃないわよね……？」

「うん。これまでの言動から勝手に読み取った」

「こ、こわ……！　本気で怖いんだけど……⁉」

「いやー、久々の初々しい反応がしみるなあ」

小雪もかなり慣れてきたので、多少心を読んだくらいでは動じなくなっていた。

だからドン引きの白い目はむしろご褒美の域だ。

直哉はにこにこしながら、ひときわ大きな紙袋から品物を取り出す。それを見て小雪の目がまん丸になった。

「そ、それって……」

「うん、初めてのデートで取りそびれたぬいぐるみ」

ニコニコ笑顔の猫のぬいぐるみは、一抱えほどもある大きさだ。

かなりの枚数の百円玉がクレーンゲーム機に吸い込まれることになったが、後悔はしていない。

小雪の前にひざまずき、ぬいぐるみをずいっと差し出す。

「俺は白金さんの気持ちを……特に『好き』って気持ちは、絶対に否定しない。きみごと全部受け止めるから」

「っ……！」

小雪がハッと息を呑む。

直哉とぬいぐるみを交互に見つめるその目はかすかに震えていた。

「だから、今はこれだけ聞かせてほしい。俺が君を好きだって気持ちは……もう信じてもらえそう？」

「…………うん」

小雪はぬいぐるみを受け取って、それをぎゅっと抱きしめた。

瞳《ひとみ》からは、もう迷いは消えていた。

直哉はほっと胸を撫で下ろして笑う。

「それなら上々だ。今日はひとまずぱーっと騒ごう。明日からお互い、またゆっくり頑張っていくためにも。俺はいつまでだって返事を待ってるからさ」

「うん……うん」

小雪はぬいぐるみを抱いたまま、ゆっくりとうなずいた。

ぎゅっと潰《つぶ》れたぬいぐるみの顔に涙の雫がぽろぽろとこぼれ落ちるが、もう大丈夫だろう。

（ま、今はこれでいいさ。呼び方だってゆっくり変えていけばいいんだしな……）

告白の返事をもらうのはもう少し先になりそうだ。

それでもたしかに小雪は前に進めた。こうして少しずつ変わっていくも悪くはない。

そんなことをつらつら考えて、自分もジュースを口に含んだそのときだ。小雪がおずおずと顔を上げて、涙に濡《ぬ》れたとびきりの笑顔を向けてみせた。

「ありがと……直哉くん」

「ぶふーーーーっ！」

ばだーーーん！

ジュースを思いっきり吹いただけでは飽き足らず、直哉は盛大にすっ転び、したたかに背中を地面に打ち付けた。

いくら察しがいいと言っても、さすがにこればっかりは予想外だった。

地面に仰向《あおむ》けに転がりながら、息も絶え絶えに呻《うめ》くしかない。

「それはいくらなんでも反則だろぉ……」

「なっ、なんで⁉　助けて……！　助けて誰かー⁉」

小雪が慌てふためいて、閑静な住宅街に防犯ブザーの音が鳴り響いた。

EPILOGUE　エピローグ

その日の朝、直哉《なおや》が改札を出てすぐ小雪《こゆき》の姿があった。

今日も今日とて冷ややかな笑みが様になっている。凜然《りんぜん》とした立ち姿は人通りの多い駅内でも大いに目立ち、嘲るような声で朝の挨拶《あいさつ》をする。

「あら、誰《だれ》かと思ったら直哉くんじゃない。今日も朝からお出迎えご苦労様。下僕としての心構えができてきたようでなによりだわ」

「うん、おはよう。小雪」

「ぐっ……う！」

その瞬間、小雪は胸を押さえて苦しみ始める。

ぷるぷる震える姿はまるで怯《おび》える子猫のようだ。クールキャラは一瞬で死んだらしい。

直哉はそんな彼女の背中をとんとん叩《たた》いて介抱しつつ、眉《まゆ》を寄せる。

「やっぱり呼び方戻そうか？　俺《おれ》が呼ぶ度に死にそうになってるじゃん」

「だ、大丈夫よ。頑張って慣れるもん……」

「そっか、それじゃあ今後もどんどん言ってくな、小雪」

「うっぐう……！」

追撃でまたわかりやすく苦しむ小雪だった。

そろそろ駅員さんやそのほかの乗客たちに顔を覚えられたのか『あのふたり、また朝からイチャイチャしてるな……』という視線があちこちから突き刺さる。とはいえもはやこれもまた日常のひとつだ。

苦しむ小雪に寄り添いつつ、いつもの路地をゆっくりと歩く。

今日もからっと晴れてはいるものの、日差《ひざ》しが少しばかり強くなっていた。こころなしか街路樹の葉も緑が色濃い。初夏が終わり、本格的な夏が始まるのもあとわずかだ。

「そうか、そろそろ衣替《ころもが》えだなあ」

「うげっ……私、夏って苦手なのよね、暑いしムシムシするし虫も多いし……」

「えー。でも俺は楽しみだなあ」

「物好きな人ねえ。なに、プールにでも行きたいの？」

「だって小雪の夏服が拝めるじゃん。うちの女子制服ってけっこう可愛《かわい》いし、そりゃもう捗《はかど》るに決まって……なんで距離を取るんだ？」

「当然の反応だと思うのだけど……」

道の端に寄って、小雪は剣呑《けんのん》なジト目を向けてくる。

ぶつぶつと「えっちなのはいけないと思う……」とぼやくし、そこそこ立腹だ。

だがそれで直哉も安心する。もうすっかり元の小雪だった。

いたずらっぽく笑いながら、胸元《むなもと》から雪の結晶が刺繍《ししゅう》されたハンカチを取り出す。

「それに、夏はこのハンカチも出番が増えるじゃん。それも楽しみかなーって」

「……今日も持っててくれてるんだ」

「うん。ちゃんとアイロンもかけたよ。それより昨日はごめんな。庭先で騒いじゃってさ」

あれから直哉がぶっ倒れたあと、朔夜《さくや》と結衣《ゆい》、そして巽《たつみ》が駆けつけて、結局みんなでお菓子を食べてわいわい騒いだ。

ちゃんと片付けはしたものの、さすがに迷惑だったかとあとで反省していたのだ。

しかし小雪はぎこちなく首を振る。

「う、ううん。そんなことないわ。ママもパパも『賑《にぎ》やかでいい』って言ってたし。むしろ次はいつ来るんだって聞いてくる始末で……」

「あはは。それじゃ、またそのうちに遊びに行かせてもらうよ」

「う……うん」

そのまましばしの間、小雪はうつむいて黙り込んだ。

やがて小さく息を吐き出して、固い声をこぼす。

「それでね……昨日はぬいぐるみ、ありがとう」

「うん。大事にしてくれたら嬉しいな」

「も、もちろんよ。昨日は一緒に寝たくらいだし。可愛いがってるわ」

「へー……そっかー」

「なんで怖い顔になるの……？」

きょとんと首をかしげる小雪だった。

直哉が自分自身の贈ったぬいぐるみに嫉妬《しっと》しているなんて、欠片《かけら》も思わないらしい。

ともあれ小雪は気を取り直すように、指先をもじもじすりあわせながら続ける。

「それで、あの子にね、せっかくだから、もう一つぬいぐるみのお友達をお迎えしてあげたいな、って思ってて……」

「ああ、なるほど」

そこでもう小雪の言いたいことを察してしまう。

だが直哉は先回りすることなく、その続きをじっと待った。

「だから、その……」

小雪は顔を赤らめて、視線をそっと逸らしつつ。

蚊が鳴くよりもかすかな声で言う。

「こ、こんどのおやすみ……また、デートしない……？」

「喜んで」

もちろん即答だった。

にこにこする直哉の顔を見て、小雪の目がぐいっとつり上がる。

「もうっ、もう！　何が言いたいかわかってたくせに私に言わせたわね⁉　いじわる！」

「だって小雪の口から聞きたいじゃん？　これも素直になる練習ってことだよ」

「とか言って楽しんでたくせに！」

「あ、バレた？」

「ううう……鬼！　悪魔！　ヘンタイ！」

小雪はさらに顔を赤くして、直哉の肩をばしばしと叩いてくる。

おかげでますます直哉の笑みが深まった。特に痛くもなんともないし、可愛いじゃれつきにしか思えなかったからだ。そんなふうにイチャイチャしていると、ばったり結衣と巽に出くわして――。

「あっ、直哉と白金《しろがね》さんだ。おっはよー」

「朝からお熱いことだなー。もう俺ら以上にラブラブじゃん」

「へっ⁉　ち、違うわよ河野《こうの》くん！　こ、これはそういうのじゃなくって……！」

「おう、羨《うらや》ましいだろ。でも俺たちが本気を出したら、まだこんなものじゃないからな」

「直哉くんは直哉くんで何を言ってるのよ！」

特にばしっと力をこめて背中を叩かれる。

それはちょっとだけ痛かった。どうやらからかいすぎたらしい。

少しだけ反省しつつ、そっと後ろを振り返る。

「結衣たちも合流したことだし……朔夜ちゃんも、そんなところで見てないでこっちに来たらどうだ？」

「むう、尾行がバレていたなんて。私も修行が足りないみたい」

まったく悪びれていない無表情で、朔夜が電柱の陰から出てくる。

その首には望遠付きのゴツめのカメラが下がっていた。ぬっと出現した妹に、小雪は目を丸くする。

「い、いつからそこにいたのよ、朔夜……あと、そのカメラは何なの」

「パパから借りた。ラブラブなふたりの式で流すムービー用に、写真や動画を撮るように頼まれたの」

「式って何⁉」

「お義父《とう》さん……」

まさかこの年でそんなプレッシャーに苛《さいな》まれるとは想《おも》いもしなかった。

直哉は少し遠い目をするだけだが、小雪は湯気が立つほど真《ま》っ赤《か》になって唇を尖《とが》らせる。

「もう、もう！　みんなして変なことばっかり言って……！　もう知らない！」

そう言って小雪はひとりで先を歩き出す。

恥ずかしさが限界を超えたらしい。

「あーあー。おまえらのせいだからな」

「うん。追いかけてあげて。私はそれを激写するから」

ニヤニヤと見守る三人を後にして、直哉は小雪の背中を追いかける。

「悪かったって。からかいすぎたよ」

「ほんとよ。ラブラブなんて、絶っっ対、違うわ」

小雪はツンツン言ってのける。『絶対』にやけに力が入っていた。

照れ隠しも可愛いなあ、なんて直哉はほのぼのしていたのだが――。

先ほどデートに誘ったとき以上の小声で、小雪が続ける。

「ちゃんと、いつか、自分の口から言って……それで、彼女にしてもらうんだもん。それから
ラブラブになるんだし……まだ、違うもん………へ？」

そこで小雪が不思議そうな顔で振り返った。

直哉が急に立ち止まり、追いかけてこなくなったからだろう。

ぽかんと口を半開きにした直哉のことを、不安そうに見つめてくる。

「な、なによ、その顔は……言いたいことがあるなら言えば……？」

「いや、その……」

直哉はしみじみと、今聞いたばかりの台詞《せりふ》を噛みしめる。

そうして出した結論はひとつ以外にありえなかった。晴れやかな笑顔で、胸を張って告げる。

「……やっぱり好きだなあ、って」

「それしか言うことないわけ⁉」

小雪は耳まで真っ赤になって、またぷいっとそっぽを向いた。

告白は済んだが返事は保留のまま。

変わったことといえば互いの呼び方だけ。

それでも直哉はもう焦《あせ》ることはない。

なにしろこれは――ハッピーエンドが確定しているラブコメだと、とうに察していたからだ。

あとがき

夏祭りの夜、打ち上げ花火を見るラブコメ主人公とヒロイン。

そんな中、ヒロインは意を決して小声で言うわけです。

「私……あなたのことが好き」

「うん？　何か言った？」

しかし花火の音がうるさくて、主人公はヒロインの告白を聞き逃してしまう……王道のラブコメエピソードです。さめもこういうのは大好物です。ですが、同時にこうも思っておりました。ここでバッチリ告白を聞いて「俺もおまえが好きだ！」と真顔で言い放つ、超絶察しがよくてヒロインにぐいぐいいっちゃう主人公がいてもいいのでは……と。

そんな発想から、本作が生まれました。


どうもこんにちは。さめです。

この度は本作をお手に取っていただき、まことにありがとうございます。

本作は当さめがＷＥＢ上で連載していた作品を書籍用にブラッシュアップしたものとなります。ＷＥＢ版を読んでいただいた方にも楽しんでいただけるよう、変更を多数加え、書き下ろしエピソードも満載にしました。お気に召していただければ幸いです。糖分マシマシでお送りします！

ちなみにさめの内臓は、ＧＡ文庫で何作か本を出していただいた『霜野《しもの》おつかい』という者だったりします。なぜさめのガワを被っているか？　なんとなく被りだしたら馴染んでしまって脱げなくなった感じです。ＷＥＢ発の作品は今後もさめで通しますが、どちらの名前も覚えていただけたらうれしいです。

それでは簡単に謝辞で締め。

担当のＵ様。「ところでこんなん書いてるんですがどうっすかね！」という雑な振りにも関わらず、拾っていただいてまことにありがとうございます。今後も「こんなんどうっすか！」と変なの投げる所存ですので、どうかよろしくお願いいたします！

イラストのふーみ先生。カバーだけでなく、数々の美しいイラストをありがとうございます。小雪《こゆき》の瞳が吸い込まれそうなほどに美しく、透明感がすごい……！　照れ顔も本当に素晴らしいです。想像以上の美少女に描いていただけて、さめは幸せ者です。

そしてＷＥＢ連載にて応援いただいたすべての方にお礼を。

この話は当初、書籍版一章分だけで終わる予定の単発ネタとしてアップしたものになります。「続きが読みたい！」という声を数多くいただいた結果、長く書き続けることができました。ここまで来られたのも皆様のおかげです。本当にありがとうございました。

それではまたお目にかかれましたら幸いです。さめでした。

ファンレター、作品の
ご感想をお待ちしています

〈あて先〉

〒106－0032
東京都港区六本木2－4－5
ＳＢクリエイティブ（株）
ＧＡ文庫編集部 気付

「ふか田さめたろう先生」係
「ふーみ先生」係

本書に関するご意見・ご感想は
右の QR コードよりお寄せください。

※アクセスの際や登録時に発生する通信費等はご負担ください。

https://ga.sbcr.jp/

やたらと察しのいい俺は、毒舌クーデレ美少女の小さなデレも見逃さずにぐいぐいいく

発　行　2020年7月31日　初版第一刷発行
2021年6月11日　第三刷発行
著　者　ふか田さめたろう
発行人　小川　淳

発行所　SBクリエイティブ株式会社
〒106－0032
東京都港区六本木2－4－5
電話　03－5549－1201
03－5549－1167（編集）

装　丁　AFTERGLOW

印刷・製本　中央精版印刷株式会社

ISBN978-4-8156-0626-8
Printed in Japan　GA 文庫

試読版は
こちら!